U0139955

下級国民A

看不见的日本

〔日〕赤松利市　著

曹逸冰　译

北京联合出版公司
Beijing United Publishing Co.,Ltd.

只 为 优 质 阅 读

好
读
———
Goodreads

目 录

石卷市 ⊙ 土木作业   1

始末   80

仙台市 ⊙ 土木工人宿舍   96

前往福岛 ⊙   130

郡山市 ⊙ 住宅清污   142

南相马市 ⊙ 水田清污   162

后来   200

石卷市 🟢 土木作业

凌晨4点多。

那天的我与平时一样，置身于渡波站前转盘的多功能厕所，坐在马桶上吃着咖喱包。

热气腾腾、松软可口的咖喱包。

定居东北之后我才知道，便利店的工作人员会帮客人在咖喱包的袋子上撕一个小口，用微波炉加热。原来还可以这么吃啊，真是北国乡亲的智慧结晶——当时我不过是在心里暗暗感叹，此刻却对这份智慧生出了感激。

多功能厕所里没有暖气。严冬中的石卷，寒冷刺骨。

不过厕所的单间气密性不错。我身上穿了土木作业用的防寒服，在咖喱包的作用下升高的体温也稍稍带起了单间的气温。比起没有暖气、到处漏风的宿舍房间，待在这里至少还稍微舒服些。

我用热乎的罐装咖啡灌下最后一块咖喱包，在甜腻的香味中舒了一口气，看了看手表。

"还有一个半小时啊……"

头班电车是早上6点16分发车，而渡波站的车站大楼会提前15分钟开放。楼里是有暖气的。

我从侧边的口袋里掏出文库本，随便翻开。这本书我已经反复看过很多遍了，无论从哪里看起都不成问题。

走上头班车，坐两站到石卷站，等通勤专车捎上我前往工地。又是满身泥浆，用高压水清洗翻斗车轮胎的一天。

事情要从日本东部大地震发生后不到半年的时候说起。

　　在一个夏日的傍晚，有人约我共进晚餐，说是有要紧事想和我商量。

　　那人在兵库县小野市经营着一家小型土木公司。

　　小野市是一座小城，位于兵库县的山区。社长没有带我去正式考究的餐厅，而是选了一家寻常的居酒屋。

　　而我当时担任着小野市某高尔夫球场的顾问。社长约我的时候，我刚结束一天的工作。

　　社长的住家兼公司办公室就在和我签署了顾问合同的高尔夫球场附近。我之前也委托他做过一些项目，比如简单的球场修缮，处理砍伐下来的树木，等等。

　　社长态度谦和。他之所以约我吃饭，是想请我带着他那即将年满40岁的儿子去灾区。

仔细一问才知道，他儿子从来没有自己出过远门，就连新干线也只在修学旅行的时候坐过，他实在放心不下。

社长表示，去东北是为了找项目。

后来我才知道，在联系我之前，他们公司已经停工近八个月了。父子俩都参与过阪神大地震后的重建工作，所以担任专务的儿子心想，前往经历过重大自然灾害的灾区，也许就能找到一些项目做做。

狂乱的复兴泡沫

当时恰好是这样的词组频频登上男性周刊杂志的时候。

我对仙台的情况还是比较了解的。因为毗邻仙台市的利府町有一家高尔夫球场，而我曾以公司顾问的身份参与它的建设工作。

社长找到我的时候，小野市的高尔夫球场给的顾问费是我唯一的收入。顾问合同一年一签。

在此之前，我开过一家分包高尔夫球场养护工作的公司。公司原本有125名员工，年营业额也高达2400万日元。但好景不长，公司因经营不善宣告破产，以至于那家球场的顾问费成了我唯一的收入来源。球场是大型城市银行旗下的产业，经理是银行下派的。

"下个年度可能没法续约了。"

将在第二年退休的经理已经跟我打过招呼了。

明年要彻底失业了……就在我给自己做思想建设的时候，新的机遇从天而降。

社长表示，如果能在灾区找到项目做，希望我可以留在仙台辅佐他儿子。他会给我"营业部长"的头衔[1]，月薪暂定为40万日元，等项目步入正轨，赚到了钱，利润对半分。

我们当晚便约定，我会陪着他的专务儿子去仙

1　相当于"销售部经理"。——译者注（本书注释均为译者注）

台，视察灾区的情况。当然，这其中少不了我的引导，毕竟从明年开始，我也许就没有收入进账了，心中颇为焦急。

等一切细节敲定，专务与我精神饱满地冲进仙台市时，已是震后近半年的夏末。我们本以为找项目肯定不费吹灰之力，不料事与愿违。

而阻挡我们的壁垒，正是大地震的重建复兴工程引进的所谓"公开制"。

在处理福岛第一核电站事故时，反社会势力利用转包六七次的承包体系乘虚而入，引发了一系列问题。引进"公开制"正是为了防止这种情况。根据规定，有招标资格的公司须在招标前进行所谓的"反黑检查"，确认旗下分包商不属于反社会势力，并且不可将业务分包给招标资料中没有列举的分包商。

专务称，在阪神大地震发生后，反社会势力参与灾后复兴工程也引发了不少问题。

之所以引进"公开制"，也许正是吸取了当年的教训。

"当年大家都在抢活干啊。停在工地的重型机械半夜三更被人砸坏之类的事情实在太多哦。装着瓦砾的翻斗车在垃圾场门口大排长龙，那叫一个壮观啊。为了插队什么的打到头破血流，甚至闹出人命也是常有的事。"

专务如此回顾当年的往事。

总之，"公开制"成了我们的拦路虎。虽然我们工程队与反社会势力无关，但终究是招标资料上没有提到的公司，所以率先来到灾区的我和专务在近三个月时间里没有找到一个像样的项目，到后来都不知道该上哪儿跑业务了，蹉跎了一天又一天。

也算是塞翁失马吧，为了找项目，我们两个每天开车在三陆海岸边跑来跑去。宫城县自不用说，对岩手县的了解也是日渐深入。

我们走访过的城市和乡镇大概有20个吧。

去每一个地方之前，我都会精读网上的当地复兴计划，仔细浏览招标信息。

这些都是题外话，略过不表。后来，我们终于找到了项目，从关西叫了七个工人过来。

"等他们过来了，你这个部长也得下一线干活哦！"

我和年轻的专务每天一起跑业务，早就混熟了。没想到他会提出这样的要求。我不是营业部长吗？我压根儿没动过下工地的心思。

"承包嘛，说白了有两种形式。一种是整体承包，把整个项目包下来。另一种是出人手，按人头算钱。我们一时半刻肯定是没法做整包的，所以能赚出多少营业额，全看我们能出多少人啊。你也得来凑个数。"

"给多少工资啊？"

"跟现在一样，还是40万，你应该没意见吧？我也只拿40万呀。总不能再给你加工地补贴吧。"

专务补充道，从关西叫来的那批工人里，最有本事的叫R，可哪怕是他，也是月薪固定、缺勤倒扣的待遇，一天给1.2万日元。如果一个月干足25天，没有出现因为天气不好而停工的情况，月收入也只有30万日元。我左耳进右耳出，只为保住了40万的工资松了一口气。

每个月的40万到手后，我只留5万，其余的都汇给了住在奈良的前妻和上高中的女儿。我和前妻在女儿上小学低年级时离了婚，不过这不是关键。关键是，如果我的月收入减少了，母女俩就要挨饿了。

至于我，中午吃工地盒饭，晚上回宿舍也有员工餐吃，只要自己搞定早饭就不会饿肚子。这也是我把大部分工资汇给她们的原因之一。

说回那群来自关西的土木工人吧。他们给我的第一印象是"每个人都有独一无二的鲜明个性"，而个性成了他们的闪光点。

他们不仅会干活，还有各自的爱好。有的爱好美食，有的追逐时尚，还有的爱车……说得夸张些，他们对"活法"有各自的讲究。他们之中有历史爱好者，也有人展现了在宗教方面的造诣，会背不同流派的经文。

然而两三个月后，我对他们的了解逐渐加深，他们身上的"破绽"也变得越发扎眼了。渐渐地，他们的"讲究"让我生出了强烈的厌烦情绪。

因为他们的知识太浅薄了。

他们的"讲究"并非由阅读和经验积累而成，不过是通过电视上的八卦节目、网上的帖子、下流的男性周刊杂志之类的东西道听途说来的玩意。

所以别看他们讲得热情洋溢、絮絮叨叨，其实质却是在重复相同的内容。说的人也就罢了，听的人竟也听得津津有味，时而"嗯"两声附和，时而"嘀"地感叹。明明是重复过无数遍的话题，听众却完全不觉得腻，还边听边点头。说实话，这样的光景实在让我烦透了。

我不是说他们傻，也不是说他们笨。

只是他们一个个都幼稚极了。

说句不怕冒犯的话，我甚至觉得他们的智力发展停滞在幼儿园小朋友的水准。

"个性迥异"的第一印象也被逐渐改写了。

只要将"幼稚"这一关键词用作观察的模板，你就会发现他们岂止是没有鲜明的个性，甚至表现出了整齐划一的相似性。而且我深刻地意识到，自己最开始在他们身上看到的光芒，其实与幼儿自然而然发出的光亮并没有太大的区别。

辛苦（きつい/kitsui）、肮脏（汚い/kitanai）、危险（危険/kiken）——他们做着世人口中的"3K"工作，受尽鄙视，面对社会的自卑感沉淀在心底，而这份自卑也反过来造就了他们的猜疑心。天一下雨就没活干，没人能保证手头的活干完之后还有没有下一份工作。再加上月薪固定，缺勤倒扣，收入很不稳定，所以他们都很吝啬。一桩桩一件件小事，也许都是他们终日烦躁的原因，但他们的情绪沸点却低得令人费解，这也许得归因于幼稚的自我主张吧。我每天都能看到他们因为一些鸡毛蒜皮的小事提高嗓门，争得面红耳赤。

他们说话时经常夹带一语双关的冷笑话，让我不知道该如何反应才好。

"我想买个东西，能顺路去一下永旺（イオン）吗？"

下班回宿舍的路上，负责开车的人说道。

"行啊（いーおん）。"

副驾驶座上的老工人如此回答。

"イオン（ion）"和"いーおん（i-on）"。在他们看来，这个双关语说得妙极了，能让同车的工友

们笑得合不拢嘴，我却理解不了，愣在原地。

久而久之，他们就把我当成了一个"没意思的家伙"，一个"假清高的家伙"。不知不觉中，我成了工程队中最格格不入的一个人。

背着别人说三道四也是他们最爱干的事情之一。

穿着工作服和敞领衬衫，打着领带，点头哈腰，溜须拍马的工程甲方小年轻和总包商的工头就不用说了，哪怕是同一支工程队的工友，只要人不在场，也会沦为坏话的靶子。

尽管我把他们贬得一文不值，但错不全在他们。

硬要为他们辩护一句的话，那就是"错的是这个社会"。

他们都在童年时期经历过贫困，没能接受足够的教育，长大进入社会后也长期置身于无望改善生活的处境，会变成那样也是在所难免。

就连雇我的那家土木公司的专务都好不到哪儿去。去拜访客户的时候，他连领带都不会系。匆匆买来的敞领衬衫是我帮他穿上的，领带也是我给他打的。

后来我也辗转了不少工地，做了很长时间的兼职工人，干一天挣一天的钱。我发现，每个工地的工人本质上都一样。

只不过土木工人不同于其他兼职的是，他们出卖的是体力劳动。

体力劳动自然离不开"力气"。而"力气"往往会和"暴力"联系在一起。直接动手总归不是常有的事，但我时常被人揪住胸口的衣服，抡起拳头来吓唬。

尤其是来自关西的工人R。按专务的说法，从关西叫来的那群人里，30多岁的R是"最顶用"的。他简直是肌肉的集合体。

他的身高足有一米八，长得还算耐看，操作重型机械的技术也很过硬。但最关键的是，他练过拳击，我还被迫陪他练过几招呢。

据说R就读的那所高中举办毕业典礼时，三年级的所有班主任都缺席了，因为他们害怕学生报复。为了防止学生兴奋过头瞎胡闹，典礼会场倒是出现了几位身着制服的警察。讲述这段经历时，R显得很是得意。

在某处工地安放侧沟时，R的肌肉让我大开眼界。

考虑到读者朋友可能没有接触过土木工程，请容我稍作讲解。公路两侧的混凝土排水沟就是"侧沟"。观察一下实物便不难发现，它们并不是在工地当场浇筑的。工人需要把提前做好的混凝土部件安放在既定的位置。

这种部件叫"预制构件"，简称"预制件"。

有些大型预制件重达两吨以上，不过那天送到工地的是重约80千克的小型预制件。

虽说是"小型"预制件，但好歹也有80千克，照理说要由两名工人使用特殊的手柄配件搬运。R却单枪匹马放好了预制件，连手柄都没用，只戴了橡胶防滑手套。

"别傻看着，来搭把手啊！"R如此说道，眼看着就要把预制件递给我了，这谁受得了啊。

所以每次遇到这种情况，我都会尽量离他远一点，等放好了再上前做些微调什么的，但这毕竟是需要蹲下来做的工作，蹲久了难免想站起来伸伸腿脚。R就喜欢挑这种时候拿我寻开心。

当然，他只是做做样子，不会真的把预制件递给我。倒不是怕我摔断手臂折了腰，而是怕我把预制件砸坏，这点小聪明他还是有的。

不过我明知道他不会来真的，却还是得装出惊慌失措的样子。

"我怎么可能真把东西扔给大叔啊！"

如果不能引得他说出这句话，再发出"嘎哈哈哈哈”的粗俗笑声，后果不堪设想。

　　要是你嗤之以鼻，没当回事，随口说道“开什么无聊的玩笑”，说不定下一次他会真的把预制件扔过来。

　　你的演技要足够夸张，要让其他工友跟着R哄笑。在土木工人这行，做这样的蠢事是为数不多的乐子，也是你必须完成的工作。

　　可要是换成了不怕摔的成捆方木料或小型沙袋，那就不是一句玩笑话可以收场的了。R真的会动手把东西扔给我，他才不管我的手会不会被木材划破流血呢。

　　K也是一个不得不提的人物。

　　据说K算是肌肉男R的师父，后来才加入我们工程队。当年53岁，比我小两岁。但他没有一丝与年龄相符的理智，是个十足卑劣的浑蛋。在吝啬方面更是一枝独秀，说他对钱“斤斤计较”还不够，“一毛不拔"还差不多。

在讲述K的故事之前，我想先介绍一下工程队在灾区的居住条件。在大地震发生那年的12月，我们终于找到了项目，要从关西叫工人过来了。这时，一个问题摆在了我们眼前：工人的宿舍要怎么办？

我们找到的第一个项目是女川町净水厂的修缮工程。东日本大地震引发的海啸对女川町造成了毁灭性的打击。别说是给工人住的宿舍了，连建设灾民临时住宅的地皮都不够用，只能向隔壁的石卷市借地用。所以我们还没开始找房子就死心了。

无奈之下，我们只好去石卷市找房子。但石卷的房源也很紧张，房产中介冷冷地告诉我们："还有万把号人在排队呢。"

于是我们继续南下。在东松岛市、盐灶市、利府町和七滨町都找不到合适的，所以我们只能继续往南走，终于在距离女川町的工地50千米之遥的多贺城市找到了房子。

那是一座被海啸扫荡过的周租房公寓。在运营公司退出之后，房东自己装修了一下。"公寓"并不名副其实，毕竟它就两层高。两栋楼组成的"公寓"共有36套1DK[1]的房子。

我们租下了其中10套房，签了月租合同。其中一套用作食堂。

就是这间食堂给我带来了无穷的烦恼。我本以为专务会订盒饭或者外烩，谁知他竟问我能不能晚上做员工餐给他们吃。

我上学的时候就开始自己做饭了，便一口答应下来。没想到，这项任务比我料想的艰巨得多。

1　1DK的户型指一间卧室加一个可以放一张餐桌的餐厅（Dining Room）兼厨房（Kitchen）的空间。

因为工人还挺多，又是冬天，我便准备做些炖锅了事，可工人们的挑食让我一筹莫展。

级别最高的专务也难搞得很，他拒不接受任何带"葱"字的食材，包括洋葱。于是咖喱、西式烩菜之类的东西就没法做了。还有吃不了橙醋[1]的工人。甚至有吃不了猪肉的，不爱吃白菜的……光是回忆起他们的挑食，我都觉得心烦。

如果提要求的是幼儿园小朋友，我还可以理解，可他们都是一把年纪的中老年男人了啊。我问他们喜欢吃什么，发现几乎所有人都爱吃炸鸡块和烤肉。

我不禁对他们的成长经历产生了好奇。

教养之差，令人哑然。

"没教养"这一点同样体现在洗碗这件事上。

起初，我们按专务的提议，在晚饭后轮流洗碗。

1　日本最常用的火锅蘸料。

可他们一通乱洗，惊得我瞠目结舌。

明明是1DK的房子，厨房很小，他们却把水龙头开到最大，洗的时候猛挤洗洁精。哪怕四周水漫金山都不当回事。

拜他们所赐，事后我要花很长时间擦地。

哪怕是有特氟龙涂层的锅碗瓢盆，他们也是直接用钢丝球猛刷。没冲干净的油污和洗洁精又滑又腻，他们也懒得擦掉。

我一问才知道，正经洗过碗的只有肌肉男R。而且这是因为他曾经住在黑帮的窝点当学徒，学过这些规矩。这叫我如何是好。坚持了几天后，情况并没有好转，于是我主动请缨，把洗碗的差事也包下了。

还出过这么一件事。

那是转年2月，灾后近一年的时候。傍晚时分飘起了雪花。

专务一时兴起，说要给大家做大阪烧。而我的任务就是采购相应食材，洗好切好。

眼看着要煎了，专务却嚷嚷起来。我采购时买了专用的大阪烧酱汁，他却说这款酱汁没法做出他想要的味道。要想做出味道正宗的专务牌大阪烧，就少不了伍斯特酱。

现如今，伍斯特酱已经很常见了，可是当年别说是东北地区了，哪怕是在关东，它也没有那么普及。我给大家解释了一下，来自关西的工人居然异口同声地说我在骗人。

"胡说八道，怎么可能没有伍斯特酱呢？就是你自己忘记买了，别找这种无聊的借口！"

——这就是他们的说辞。

别说是职务的高低之分了，他们连长幼有序这种最基本的概念都没有。

于是我只能跑一趟多贺城的永旺。然而屋外下着鹅毛大雪，地上已经有30厘米左右的积雪了。

起初我们约法三章，食堂禁酒，以免晚饭时间拖得太长，但工人们只遵守了一个月不到，便喝起了苏打烧酒和汽酒。无奈之下，我只好徒步前往永旺。

　　我冒着大雪，颤颤悠悠地走到超市再回来，往返花了一个多小时。我把酱汁货架上的商品都拍了下来，带着一身雪花回到宿舍的食堂一看，他们竟然已经把大阪烧吃完了。

　　"还不是因为你太慢了啊。"

　　我都还没抱怨呢，他们竟然这么说我。我把照片拿给他们看，试图让他们明白店里是真的没有伍斯特酱，可所有人都懒得看上一眼。

　　他们只会说一句话：

　　"就算有，你也不会拍的。"

　　我辛辛苦苦准备好的食材都没了。

　　"我的大阪烧太好吃了，简直是艺术品啊，大伙儿早就吃光啦。"专务满不在乎地说道。我只能饿着肚子洗他们剩下的脏碗筷和烤盘。

多贺城市的"员工餐"持续了半年多。

女川町的项目结束后，工程队转战石卷市，宿舍却搬去了更远的仙台市太白区。

那是专务在仙台市国分街的一家夜店打听到的房源。在夜店上班的小姑娘的母亲经营着一家学生公寓。地震震坏了公寓的热水供应系统，所以学生都搬走了，整栋公寓的17间房都空着没人住。房东愿意以每月15万日元的价格把整栋楼租给我们，只是需要我们把热水供应系统修好。专务答应了。

他说他之所以答应，是因为房间多了，就可以多请几个工人了。其实我怀疑他是想在小姑娘面前表现表现，但没有点破。

公寓的房间都不一定有三张榻榻米大，里面有固定的木床。这样的空房间总归是没法改造成食堂的，于是我也卸下了烹制员工餐的重负。

房间变多了，工人也多了一个，不过不是关西人。那人叫M，是R在工地认识的福冈青年。在我的印象中，M性格开朗，但不多事，是个挺讨人喜欢的年轻人。

　　搬到太白区的旧学生公寓后，盒饭店和便利店成了我们各自采购吃食的基地。只要是去工地干活的日子，专务就会一人发500日元，用来买晚饭。

　　公寓坐落在可以俯瞰仙台市的高地住宅区，也有家庭餐厅和中餐馆什么的，然而拿着按工作日数计算的伙食费下馆子肯定是不够的，我基本上天天靠盒饭店过活。

　　大地震第二年的夏天，社长也从关西过来跟我们会合了。当时工程队已经开始接一些给铺路工程打下手的活了，只是这种活干起来相当辛苦。

　　铺路时使用的沥青混合料一般用10吨翻斗车运至工地。

抵达工地时，沥青混合料的温度会比出厂时降低10℃左右，但依然处于高温状态，足有150~160℃。工人必须趁热完成铺设工作，所以翻斗车一来，工地便成了战场。怒骂满天飞，稍微磨蹭一小会儿都会被人一把推开。

滚烫的沥青混合料冒着油烟。那是温度极高的热气。

总包方（大型综合建筑公司）的人给我们发了盐片，即做成片剂的盐。他们说，吃这个能防止中暑。

也怪我不动脑子瞎吃吧，我在作业期间顿感头晕目眩，晕倒在地。

总包方的工头开车送我去医院。医生的诊断结果是"腔隙性脑梗塞"，说白了就是大脑的毛细血管发生了梗塞，血压直接飙到二百多。

工头勒令我第二天起不准再去工地上班。于是我只能从医院坐仙石线，再换公交车回宿舍卧床静养。躺着躺着就睡着了。

砰——

突如其来的震动声将我惊醒。

"R，这样有什么意思嘛。"

青年M的声音从门外传来。

"他竟然装病，自说自话逃班……等他出来了，看我不把他吊起来打！"

R隔着门恶狠狠地说道。

我哪里自说自话了。

明明是医生诊断出我生病了，工头应该也跟专务打过招呼了啊。我还怕专务担心，所以回到太白区的宿舍之后还特地给他打了电话呢。

砰——

又是一阵怪响。

看来是肌肉男R正在踹门。

"搞什么啊，大叔不在吗？"

我用被子蒙住头，大气不敢出一下。

"K叔明天就来了，到时候我们两个一起修

理他。"

R撂下这句话，脚步声逐渐远去。

专务跟我提过K。

据说他是R的师父，是个十项全能的土木工人。我还听说，他在各种各样的工地干过活。我一个月拿40万，跟专务一样多，而K每个月拿50万，跟社长一样。

这也能从侧面证明他的确能力出众吧。可一个能力全面、水平高到工资跟社长一样多的人，怎么会是漂泊不定的土木工人呢？

这个疑问和片刻前R端门时撂下的话一起勾起了我心中的焦虑。

被R逮到着实是件麻烦事。所以那天晚上，我到底还是没能出门买盒饭。饥肠辘辘，翻来覆去睡不着。傍晚前睡了一觉可能也是失眠的原因之一。我只能靠喝水硬扛。

砰——

第二天早上，几乎能撼动房间的怪声再次将我惊醒。

"你想把门踹开啊？"

我又听到了青年M的声音。

砰、砰、砰、砰、砰、砰、砰、砰——

有人在敲门，一遍又一遍。

说"敲"好像还不够贴切，听着更像是在用巴掌拍打。

"再不走就发车了。专务不是说了吗，他今天要静养。"

青年M在安抚的显然是肌肉男R。

片刻后，汽车开走的声音传来。我终于慢吞吞地下了床。

还没到盒饭店开门的时间，所以我去便利店买了海苔卷吃。

午后，R的师父K现身了。

他坐出租车来到宿舍。

前一天给专务打电话的时候，他已经跟我提过这件事了。他说我休息得正是时候，问我能不能帮忙接待一下。

"您就是部长吧？我是K，这段时间就麻烦您多关照了。"

且不论他说话的语气，见人就鞠躬的态度还是相当有礼貌的。

我带拎着大包的K上到二楼，来到分给他的房间，并简单介绍了宿舍周边的情况。

K说要整理行李，于是我就回房躺下了，看起了文库本。

过了一会儿，有人轻敲我的房门。

开门一看，原来是已经收拾好东西的K。他把出租车小票递给我，让我给他报销。

至于到仙台的路费，他说公司直接给了新干线的车票，以实物付清了。于是我就按他的要求结了出租车钱。

谁料这笔钱后来引发了大问题。

"哪能给他报出租车钱啊！到了仙台站要去哪个公交站坐车，在哪一站下，下车以后要怎么走，我都写得清清楚楚的，提前给我妈了啊！"

专务如是说。

我准备上楼传达专务的意思，结果经过一楼R的房门口时，一阵热闹的笑声从屋里传来。

看来K和R正在叙旧呢。

我虽不情愿，但还是敲了门。

"哎，门开着呢。"

回应我的是R粗重的嗓音。

我推门望去，却大吃一惊。如我所料，K的确在R的房间里，但更让我惊讶的是R的模样。

"R，你这是……"

R剃了光头，大概是前一天晚上让博多[1]青年M帮着剃的吧。只剃了头发也就罢了，他居然连眉毛都剃掉了啊。

我横看竖看，只觉得R顶着一张犯罪分子的面孔。而且还不是一般的犯罪分子，而是穷凶极恶的暴徒。

"天要热起来了，所以我就剃干净了。有意见你就说啊！"

也许是我诧异的目光惹R不爽了，他凶了我一句。

"呃，我只是觉得你干劲还挺足……"

我连忙圆话。

"拍什么马屁呢，搞得跟狗腿子似的。"

K笑着插嘴打诨。"咦？"——他的口气叫我心生疑问。

白天见面的时候，他给我留下了谦和的印象，但此刻的他判若两人。莫非是肌肉男R告诉他，我徒有营

1　日本福冈县福冈市的一个行政区。

业部长的名头，其实是门外汉一个，去了工地只会拖后腿？

"你来干什么？"

R对杵在门口的我问道。

"呃，我找的不是你，而是K……"

"找我干吗？"

这回，K用刻薄的目光瞪了我一眼，皱起了眉头。气势汹汹的口吻，一副要跟我动手的样子。

剃了头发和眉毛的R也绷着脸，狠狠地瞪着我。

车费大概2000日元。房里的气场将我压倒，令我生出"就这么算了"的念头。然而我每个月的生活费也只有5万而已，这并不是随便丢掉也不心疼的小钱。我把他给的小票递过去，说道：

"专务不让报。"

"哦。"

说完这个字以后，他就开始装傻了。

"呃，所以小票还你，刚才的钱……"

"钱怎么了？"

"不能报销……"

"岂有此理！"K顿时满脸通红，"你不是部长吗？部长都把钱给我结了！专务不同意关我什么事？"

"他就是这样的，"R插嘴道，"老把责任推卸给别人，烂得跟屎一样。"

"你骂谁屎呢，信不信我把你冲进马桶啊？"

眼看着他们要站起来了，我惊慌失措，转身就逃。

各位读者可能会觉得很不可思议吧。

我受了这么多委屈，为什么不跟上司，也就是专务和社长反映呢？

我反映过的。跟专务反映过，也跟社长反映过。

"他们只是在跟你闹着玩啦。"

专务是这么回答我的。

"他们当你是自己人，所以才跟你闹着玩呀。这也说明他们没把你当外人嘛。要是你实在咽不下这口气，那就打回去嘛。打个两三架，就能打成一片啦。"

对了，专务是有空手道段位的。我哪能跟他比啊。

社长好歹给我道了歉。

"对不起啊。我会提醒他们的，您大人有大量，别放在心上啊。"

然而，反映的结果是我在工地遭受到越来越多的阴毒霸凌。

被人一脚踹在屁股上，人仰马翻；茶水洒在我的安全鞋上；盒饭被人浇了酱油；放在休息室里的文库本被人撕了最后三页……写这几行字的时候，我光是回忆那些场景都会心悸，甚至恶心反胃。

日子一天天过去，我迎来了灾后第三年的春天。

R平时很照顾的M，很会调动工地气氛的M，竟突然离开了工地。

一天晚上，他把行李匆忙装进过来接他的车，就此销声匿迹。都没跟我们告别。

我找专务打听情况，专务告诉我，M有个朋友从他老家福冈来宫城找他玩。M跟朋友出去喝了点酒，便突然犯了思乡病。

"因为这个说走就走啊？"

"所以他一直都是馅子，总也没长进啊。"

"馅子？"

"在关西啊，我们管那些不属于任何公司，辗转各处工地，干一天挣一天钱的土木工人叫'馅子'。"专务撂下这句话，叮嘱道，"没有比这更耻辱的词了，你可千万别对我们工程队的人说哦。不然保准要见血。"

"为什么啊？"

"这还用说吗？当然是因为他们都是馅子啊。"

这我倒是头一回听说。

且不说来自福冈的青年M，我一直都以为那些从关西来的工人都是受雇于专务父亲的公司。难怪社长因为我受欺负的事情训斥（或者说提醒）他们的时候，他们也没服从。

再者，社长来东北也不是为了去工地搭把手，只是在关西找不到每天结算工钱的活了。听专务这么一说，我只觉得自己的前途越发险恶了。

果真如专务所料，社长在不久后离开了石卷的工地，说是关西的大建筑公司请他去做项目。

灾后的第三个夏天也是炎热非常。也许会有读者纳闷，地处东北的石卷市也有"酷暑"一说吗？其实啊，东北的夏天也是很热的。最热的时候，超过35℃的高温天甚至会持续一周以上。

在同一片工地干活的另一支工程队就有人因为中

暑被救护车送去了医院。总包方的现场负责人照本宣科地提醒我们"勤喝水",还发了那种"盐片"。当然,这一回我并没有吃。

后来,又有两名工人上了救护车。而总包方采用的对策是"沙滩伞"。觉得身体状态不太对,就打开沙滩伞,在阴凉处稍作休息。至于什么时候休息,让我们自行判断。

问题是在土木工程的工地,工人哪有悠闲乘凉的权利?更何况,有权批准工人休息的领导们不是坐在重型机械的驾驶室里,就是坐在翻斗车的驾驶座上。这些地方都远离直射阳光,还有空调吹。

中暑风险最高的是被称为"手元"的基层工人。土木工地等级森严,位于底层的"手元"又怎么可能主动打开沙滩伞休息乘凉呢。我甚至怀疑,提出这种点子的现场负责人脑袋里都是糨糊。

不过人家大概不是真蠢。沙滩伞不过是借口,万一出了什么问题,他便能把责任撇得干干净净。要是真有"手元"工人因为中暑病情危重，他肯定会这么说：我们给工人准备了沙滩伞，让他们自主判断什么时候休息，自主负责。

自主判断、自主负责仿佛是支撑土木工程等级制度的信条。但那只是上位者的信条。对无权自主判断的下位者而言，那不过是动听的口号罢了。

我也有过与中暑近似的经历。

那天也非常炎热，头顶骄阳似火。为了安全起见，哪怕天气再热，工人们都得穿长袖工作服，卷起袖子也算违规。

当时我忙着用铁锹挖土，以便铺设侧沟。那条沟因为太窄，没法用重型机械操作。我边挖边纳闷，自己怎么就没出汗呢。我本该大汗淋漓，身上却一点汗都没出。

快午休的时候，我突然开始出汗了。我自己都惊呆了，心想"汗水如注"形容的就是这种状态吧。直到那时，我的意识才恢复正常。

倒不是说我之前晕倒了，而是出汗前的记忆全都消失了。我能看到自己挖出了30多米长的沟，却完全没有自己挖了沟的实感。

据几个手元同事说，我不顾专务和R的斥责，走到最近的自动售货机跟前，买了运动饮料闷头喝掉。而且不只一两次，而是"至少五次"。每次走去自动售货机，都要买一瓶运动饮料，当场喝光。我却把这些事忘得一干二净，完全不记得了。

恐怕这就是我所经历的中暑。万幸的是，工地附近恰好有一台卖运动饮料的自动售货机，而且我的意识已经非常模糊了，以至于听不见专务和R的训斥声。如果条件没有那么凑巧，搞不好我已经因为重度中暑被送去了医院。

酷暑终告结束。短暂的秋天过后，石卷迎来了严冬。那是我在灾区经历的第三个冬天。

那天，工程队参与了一座私人住宅的基础工程。

之前参与的铺路项目结束了，离下一个项目开始还有几天时间。于是本地大建筑公司就介绍了这份工作给我们过渡。

明明才到年底，天气却已经非常寒冷了。室外狂风呼啸。

午后更是刮起了暴风雪，但天并没有下雪。天空蔚蓝一片，万里无云。

这是一种叫"风花"的现象。风把远方山上的积雪刮了过来。

我见过好几次"风花"，却是头一次看到风花漫天飞舞的光景。

领导在晨会上下达指示，要求我们在中午前拌好砂浆。

水泥粉、沙子和水混合搅拌，使其硬化，就成了砂浆。把沙子换成碎石就是混凝土。

我们从宿舍带了三个10升装的聚乙烯水桶去工地，里面装满了水。谁知到了拌砂浆的时候，几个人把水泥粉搬到背风的地方一看才发现事情不对劲。

水桶里的水全冻住了。

但工地的活不可能因此暂停。因为砂浆的作用是填充当天安放在既定位置的大型预制件接缝。等接缝处的砂浆变硬了，再把挖出来的土填回去，工程就结束了。从第二天起，工程队要去下一处工地参与一个大工程，一天都耽误不起。

我拿起水桶和水勺，走向附近的小河边。因为我心想，流水可能不那么容易结冰。走到河边一看，小河的确没有完全冻住，但水面结冰了。

哪怕是水流滔滔的北上河，在隆冬季节也会出现一片片的荷叶冰，可见石卷有多冷。据说在全球气候变暖之前，人们甚至可以直接驾马车过河。

我用勺柄根部砸开坚硬的冰面，好不容易打回了一桶水。谁知走上河堤之后，我便结结实实吃了一惊。因为劳保手套上分明出现了闪闪发光的霜柱。那可不是我晾在地上的手套，而是我正戴着的手套啊。难道这里的寒冷已经完全不把我的体温放在眼里了吗？

　　"你上哪儿去啊？"

　　就在我准备走回车里换手套的时候，喊声从头顶飘来。原来是专务在喊我。

　　专务正坐在挖掘机的驾驶舱里。那台挖掘机是寒冷地区专供的款式，驾驶舱四面装着挡风玻璃，还有暖气。我对打开舱门的专务喊道：

　　"刚才打水的时候弄湿了手套。"

　　"湿就湿呗，套在手上自然而然就干了。"

　　"您瞧瞧，都冻住了。"

　　我摊开双手，向专务伸去。

　　专务倾身向前，盯着我的手看了一会儿，随即爆笑，而且是捧腹大笑。

从那天晚上开始，我便成了"让套在手上的劳保手套结冰的傻子"，沦为所有人的笑柄。

就在工程队转战新工地的时候，我们终于在石卷市找到了能用作宿舍的房源。那是两栋并排而立的平房，在海啸时地板浸水了，房东重新装修过。于是工程队的人就分别住进了这两栋房子。

虽说人人都有单间住，但单间是用推拉门隔出来的。我的房间和K、R的房间不在一栋房子里，大概是专务刻意安排的吧。

新项目是综合医院扩建的基础工程。之前的项目都是整个工地只有我们工程队的人，但这次的项目规模较大，工地上足有300多名工人，其中不乏来自其他公司的人。

阵势之大，工地之广，让我不禁松了一口气。

工地这么大，工人肯定会按工种分散，这样我就能离肌肉男R和他师父K远一点了，就能摆脱那些阴险的霸凌了。

可我太天真了。

我在工地时常呆立不动。因为工地实在太大了，我不知道自己该做什么才好。要是R或者K碰巧经过看到，就会对我破口大骂。

"偷什么懒呢！给我好好干活！"

他们会大声嚷嚷。

没过多久，其他公司的土木工人也开始骂我了。他们都是同一类人。

哪怕对面是不清楚姓名和来路的陌生人，只要他们发现你是可以骂的人，就会毫无顾忌地痛骂。

我只觉得自己被300多名土木工人监视着，当然那大概是我的被害妄想。久而久之，我产生了一种强迫观念：我必须一刻不停地干活，否则随时随地都可能挨骂。

找不到活干的时候，我就拼命用竹扫帚打扫翻斗车专用的钢板车道。

但R和K并没有轻易放过我。

"别装出一副在干活的样子！有的是别的活可干！"

狗血淋头。

不仅如此，他们还煞有介事地向其他公司的工人鞠躬道歉。

"实在抱歉，这个老家伙就是不肯好好干活，成天装样子。各位要是看到他在偷懒，尽管教训就是了，拜托了！"

他们就这样给了人家监视我的口实。

那些工人竟然也当真了，对我的监视也越来越严格了。"骂我"成了他们调剂心情的一种方式。

元旦过后，事态并无改善。就在这时，我接到了一个好消息和一个坏消息。

郁闷的话题讲了这么久，想必各位读者也看烦了。那就先从好消息说起吧。

好消息是，上头给我分配了一项任务：给搬运客土[1]进场的大型翻斗车洗轮胎。

为什么说这是好消息呢？因为每时每刻都有翻斗车在工地进进出出，我根本停不了手。于是也就不会出现"因为不知道该做什么而发呆"的情况了。

更重要的是，这是一份没人愿意做的差事。

可不是吗？

在严寒笼罩的石卷，用高压水枪清洗翻斗车轮胎上的泥巴。虽然身上穿着雨衣，但飞溅的泥水还是会溅你一脸。

等到下午4点多，太阳落山之后，流淌在钢板车道

1　指外地运来的泥土。

表面的水就会立刻化作冰沙，然后结冻，每天少说也要滑倒一两次。

冻僵的身子生生摔在铁板上，疼痛异常。而且我用双手捧着高压清洗机的喷头，都没法摆出缓冲的姿势。

谁愿意干这种差事啊。

见我做着人人都讨厌的工作，骂我的人便越来越少了。

对我而言，光这一点就是天大的好消息。再辛苦的工作，也比被人辱骂、作弄、嘲笑强得多。

2月初，坏消息来了。

为了增加人手，专务在石卷的职业介绍所雇了两个人。

两个人都没地方住。一个来自山形，一个来自秋田，都是漂泊到石卷找工作的人。

问题不在这两个人身上。由于他们没有车，无法开车上下班，专务不得不让他们入住宿舍。这就意味着需要有两个人搬去别的宿舍住。

R的师父K举手表示愿意搬。然而左等右等，愣是没有第二个人举手。连R都没举。到头来，被选中的竟然是我。

"他是有点不好相处，但姜还是老的辣嘛，你跟他应该能勉强住到一起吧。抱歉啦，这事就拜托你了。"

专务都把话说到这个份儿上了，我也不好拒绝。于是我只能不情愿地答应下来，搬去和K同住。我也别无选择。

然而，麻烦很快就找上门来了。

当时，工友们都迷上了一款手机游戏。那是面向LINE（日本最常用的聊天软件）用户的消除类游戏。玩法是用手指移动屏幕上的图片，据说拼出某种图案时，图片就会消失。之所以用"据说"这个词，是因为我不仅对游戏毫无兴趣，甚至连LINE都没装。我实在适应不了那种动不动就发表情的沟通模式。

在他们（这里的"他们"不仅仅是同一支工程队的工人，也包括其他公司的工人）看来，我的这种态度大概也是非常碍眼的吧。不过在那个时候，我已经没有要融入集体、跟工友打成一片的念头了。

有一次，另一家公司的工人看到我翻开了文库本，便问："你在看官能小说吗？"

其实同一支工程队的工友起初也问过同样的问题。看来在他们的认知体系中，小说就只有"官能"这一种，不存在别的选项。

"不，是凯彻姆[1]的书。"

听到我的回答，对方一脸莫名。

"你在看菜谱吗？"

他显然是把"凯彻姆"理解成了"番茄酱（kechap）"。我懒得解释，只好回答："差不

1　杰克·凯彻姆（Jack Ketchum），美国恐怖小说家。

50

多吧。"

扯远了，还是说回LINE游戏吧。

一到休息时间，大家便以最快的速度把盒饭扫荡干净，全神贯注地投入游戏中，或者干脆边动筷子边玩。我却在一旁看书。

那款游戏的巧妙之处在于，你的"生命值"（大概叫这个吧，具体的我也不太清楚）是有限的，玩到一定进度就玩不下去了。而要想摆脱这种状态，就得请LINE好友送"礼物"给你。

发送请求，接收"礼物"，最后可能还要再发一条信息表示感谢吧。我至今没有注册LINE，实在搞不明白，为了这点生命值，岂不是得来来回回发三条信息？肯定有人为了增加游戏好友推荐亲朋好友装LINE。我不由得感叹，发布免费游戏的确是一种非常巧妙的营销手段。

更巧妙的地方在于，你还能知道LINE好友的游戏进度，看出谁玩到了哪一关。

竞争心理……不，在这种情况下，用"斗争本能"这个词似乎更加贴切。土木工人特别容易被这种东西感染，没有比这更适合他们的游戏了。

"听说你也注册LINE了？"

一天晚上，我去宿舍附近的COOP[1]买了盒饭当晚餐。回到宿舍时，K笑眯眯地叫住了我。

"没有啊。"

我老实回答，他却立刻涨红了脸，勃然大怒。

"撒这种没意思的谎干什么？难怪人人都嫌弃你！"

他怒吼着，嘴角唾沫横飞。

饶是我也动了气，新仇旧恨逼得我直接把手机递了过去，严正抗议。

"你要觉得我在胡说八道，就打开手机检查一下

---

1 消费生活协同组合，简称"生协"，由消费者出资成为会员，并专为协会成员服务的组织。

好了！"

　　K满脸通红，却不吭声，也没有要检查手机的意思。我乘胜追击：

　　"你怎么每次都这样啊！只要别人说的不合你的心意，你就认定人家在撒谎，大吼大叫，这是闹哪样啊？你也一把年纪了，这种坏习惯还是尽早改了的好。"

　　我也是分析过的。我认为，K比R更"安全"。

　　我确信他只是话多，但不会动手。倒不是因为K是个和平主义者，只是我早已看出，K骨子里其实是个胆小鬼。从他和大公司的人、总包方负责人打交道时的态度便可见一斑。

　　对工作的推进方式产生异议时，肌肉男R会明确提出来，而他所谓的师父K不仅不会提出异议，还要卑躬屈膝地敷衍过去，事后再背着人家各种抱怨。

　　K时常讲述自己当年的英勇事迹，奈何那些传奇故事也是粗制滥造。据说有一次，他接了一个修建斜坡的项目。原定工期是十天，但他只用了一半的时间，五天搞定。谁知委托方只肯付他五天的工钱。

"于是我就半夜杀过去，把修好的坡砸了个稀巴烂。哼，活该！"

他气鼓鼓地吹嘘道。问题是，如果这是他分包下来的项目，照理说甲方是不会舍不得掏钱的。

总而言之，他大概是想通过这段事迹炫耀一下自己有多能干，要是得罪了他，后果会有多严重。可我怎么听怎么觉得这是个编来泄愤的故事。

听完我的抗议，K双唇发颤，却一句话也说不出来。正如我所料。我没有再理睬他，穿过公用厨房，回到了一扇推拉门相隔的房间。

过了一会儿，我听见有人在敲房间的推拉门。当时我已经吃完了盒饭，所以那应该是争吵发生后将近一小时的事情。开门一看，竟是满脸涨得通红的K。他如此说道：

"看我不整死你！"

K说到做到。他开始用自己的方式给我小鞋穿了。

他把浴室里的肥皂和洗发水拿到自己房里，我的洗浴用品却被他胡乱扔在房门口，卫生纸也被藏了起来……净是这种小气的花招。不过最让我难受的是，他竟把公共区域的灯油暖炉搬进了自己的房间。

K的逻辑是这样的：暖炉里的灯油是我下班回家的路上去加油站买的，所有权归我。你要想用，就自己走路买灯油去。

"开车通勤"也是一段不得不提的小插曲。毕竟K的小鞋种类繁多，害得我差点忘了。事情的先后顺序可能有点乱，还请各位读者见谅。

那就讲讲开车通勤的事情吧。

我和K只有一辆通勤车可用，所以我们必须每天早上在宿舍前的小停车场集合，一起开车去工地上班。

工地是每天早上8点集合做早操，然后开晨会。

为了准时到达，我们必须提前30分钟出发。

K对我的迫害始于2月。车钥匙在他手里，所以我提早很多去停车场也进不了车里。一天早上，我跟往常一样，提早十分钟到了停车场。谁知车已经不见了踪影——K丢下我，自己开车上班去了。

工地规定，晨会点名时没有到场的工人当天无法进场，于是我那天就被迫缺勤了。

我当然向专务提出了抗议。

"哎呀，闹僵了啊……"

专务开口就是这么一句话，然后他喃喃自语道：

"我就知道，果然不行啊……"

我揪住这句话反问道：

"'我就知道'是什么意思？"

"哎呀，K这人就是挺不好相处的嘛……"

"您从关西请他来的时候不就已经知道他不好相处了吗？"

"话是这么说啦。但你们都闹崩了，再这么下去不行啊。因为K是个报复心很重的人，就跟蛇似的……"

"'再这么下去不行'……您是准备让别人代替我搬进那间宿舍吗？"

"唉，我本以为你能处理好的……"

专务说，无论派谁去都一样，哪怕让肌肉男R搬过去跟K同住，那也是行不通的。问题是宿舍房间紧张，没法给我换。所以专务给出的建议是，我继续住原来的宿舍，上班时先坐电车到石卷站，然后让工友开车接上我一起去工地。

无奈之下，我也只好接受。

听说这件事后，R特意叮嘱我：

"你给我站在石卷站转盘最显眼的地方等着。如果我在车上看不到你，我们就直接把车开走。"

肯定是K在R面前大肆宣扬了一番，说我那天之所以缺勤，是因为我睡过头了，没有按时去停车场。

我这人向来不怕早起，所以也没有把R的话当回事，回程坐车时顺便在石卷站查了一下列车时刻表。一查才发现，早上的车特别少，要想赶在会合时间之前到站，必须坐头班车。

　　不过我对K的厌恶已经到了"不想和他呼吸同样的空气"的地步，坐头班车我也心甘情愿，哪怕到石卷站的时间早了点也没关系。

　　当天晚上，我没有直接回宿舍，而是去了COOP买了盒饭，然后坐在店里的休息区看书，一直待到打烊。

　　回到宿舍时，K貌似已经睡下了。从那天起，我就过上了"早上4点前离开宿舍，晚上在COOP坐到打烊"的生活，再也没有碰到过住在同一栋楼里的K，只是偶尔在工地上打个照面。

　　说回那灯油暖炉吧。

　　由于K把暖炉搬进了自己的房间，我不得不在没有暖炉的状态下面对2月的石卷。

肯定会有读者纳闷：你为什么不直接买个二手暖炉呢？买不到电炉的话，电热毯总是有的吧？

问题是，我住的是一栋几乎可以报废的老房子。用了那种电器肯定要跳闸。

我知道，电表增容也是一个办法。

可是要想增容，必须先跟K商量。哪怕不商量，施工的时候他肯定是在宿舍的。

日语里有种说法叫"厌恶如蛇蝎"，我当时对K就是这种感觉。在K醒着的时间里，我是一分一秒都不想待在那间被诅咒的宿舍里。

等待着我的肯定是毫无道理的挑剔与责难，所以我下定了决心，与其听他啰唆，还不如咬紧牙关熬过石卷的严冬，没有暖炉又如何。

决心是有了，可石卷的冬天是何等难熬。钻进被窝时，我会把手头的保暖裤全套在身上，再穿上当睡衣用的运动服，戴好保暖脖套，穿上厚厚的袜子，即便如此，难以忍受的严寒仍会在深夜袭来。

　　毕竟是快要报废的破旧出租屋（我也知道反复强调这一点挺对不起房东的），房间的问题已经不能用简简单单的"漏风"二字来形容了。悄无声息渗进屋里的寒气实在让人难以承受。

　　到了半夜两三点，我就会被生生冻醒。还有"啪嗒啪嗒"的响声妨碍睡眠，大概是窗玻璃结冰了。

　　头班车要6点多才发车，但我实在待不下去了。

　　冒着深夜的寒风，我蜷缩着身子前往车站附近的便利店。买个咖喱包，去车站转盘的多功能厕所，坐在马桶上，吃着微波炉热过的面包，喝着热乎的咖啡，看看书打发时间，直到车站大楼在头班车即将发车时开门……这样的生活又开始了。

　　多功能厕所的气密性可比宿舍好多了。穿着作业防寒服待在厕所里，比待在宿舍被窝里舒服得多。虽然"舒服"，却也不可能舒服到可以迷迷糊糊打盹的地步。看过好几遍的书成了我唯一的心灵支柱，我想逃进故事的世界里，忘记现实。

　　　输给了贪婪

　　　不 是输给了这个世界

　　各位读者可能会纳闷我怎么突然哼起了歌。

　　这是昭和四十九年（1974）发行的一首曲子，叫《昭和枯芒》，由"初代小樱与一郎"演唱。

　　那是个男女对唱的演歌[1]组合，按今天的审美来看（悄悄说一句，放在当年也一样），他们的卖相着实称不上好看。换个时髦点的说法就是"发Instagram不好看"。

　　不过，大家可别小看了这首歌。在发行后的第二年，也就是昭和五十年，它便火遍了全国，唱片狂卖

1　一种综合江户时代民俗艺人的唱腔风格，融入日本各地民族情调的歌曲。

150万张，拿下了那年的日本公信榜冠军。

就在这首歌发行的前一年，也就是昭和四十八年，始于昭和二十九年（1954）、持续了整整19年的经济高速增长从此画上了句号。

收入逐年增长、最是春风得意的时代悄然落下了帷幕。这首歌就是在这样的时代背景下脍炙人口的。

想当年，日本的经济高速增长期被誉为"东方的奇迹"。

我出生于昭和三十一年（1956），在这样一个时代度过了童年。

这首歌发行的时候，我才18岁。不过我觉得它也许更适合在当下传唱。

再分享几句歌词给大家吧。

在这座城市也待不下去了
干脆死了一了百了吧

尽力活过了 所以毫不留恋

开花也无望 我们就是枯芒一束

怎么样，是不是唱到了大家心里呢？

看到这里，各位读者肯定很纳闷：为什么我甘愿过那样的生活，受那样的委屈呢？为什么我不向上司反映呢？既然每个月只能拿到40万日元的工资，那我是不是可以把自己的困境告诉前妻，想想办法呢？

可我适应了。

我没有死心，也没有自暴自弃。只是……如果环境的变化是循序渐进的，人就会适应。

还是想不通？那就请大家分析一下自己的处境吧。

工作方式改革？活到老干到老？人生百年时代？

可笑至极。在政府喊这些口号的时候，大家周围又发生了什么呢？

非正式员工满街跑，移民政策出台，就业机会、获得必要且充分的收入的机会正在不断流失不是吗？与此同时，社会福利制度却在迅速退化。

每次上调消费税，政府的说辞都是"要保障福利制度的原始资金"。但摆在我们眼前的现实是，有关部门一直都在探讨提高养老金领取年龄的可行性。降低养老金发放金额也在探讨的范围之内。消费税在涨，企业税却在降。

政客的贪污腐败时常见报，却没有人负起责任给公众一个解释。他们口口声声说自己的所作所为是出于必要，却躲躲藏藏，或者住进医院的特殊病房。而且在这段时间里，他们可以照常领到议员报酬。

只有土木工人才是阴险狠毒的吗？

那充斥在社交网络平台上的谩骂呢？

无数人在网上匿名诽谤他人和其他国家，最后得出的结论却是"人要为自己的行为负责"。

日本是个美好的国度？

电视节目反复播放外国游客对日本赞不绝口、亲日的外国人称颂日本的画面。怕是有不少日本人看得如痴如醉吧。

观光立国？

要建设50家世界一流酒店？

请问各位读者中有多少人住得起这样的酒店呢？

因为政府打击黑车而被捕的净是些老年人。

在池袋撞死一对母女的所谓"上等国民"却没有被捕。[1]

---

1 此处指的是2019年的东池袋车祸事件，87岁的男性驾驶员撞死了31岁的妈妈及其3岁大的女儿，但驾驶员没有被警方逮捕，甚至迟迟未被起诉。此人曾担任通产省高官，退休后还转任业界行会会长与大型机械厂商董事，是毫无疑问的"社会精英"。讽刺的是，两天后神户市营公车也发生了造成两人死亡的车祸，司机却立刻被逮捕归案。因此日本网民纷纷表示"池袋车祸肇事者不但未遭逮捕，大众媒体报道时，还在他的名字后加上'先生'，一定是因为他是'上等国民'"，而"神户公车司机是'下等国民'，所以才会被捕"。

而此人驾车猛冲的原因竟然是"预约了法餐厅的位子，眼看着要迟到了"。

大家生活在这样的日本，却不会真的动气。甚至不会自己开动脑筋想一想。

如果说池袋车祸的肇事者是"上等国民"，那么当时的我无疑是"下等国民"。

各位读者呢？

我想从亲身经历过的两份工作——土木工人和清污工出发，对"下等国民"做一番探讨。

书稿完成后，我把书名定为《下等国民A》（日版）。

中森明菜在《少女A》中唱道：

我并不特别 随处可见

我是少女A

如果真有"上等国民"，那么与之对应的必然是"下等国民"。不得不从事土木工、清污工这种工作的我是如假包换的"下等国民"。

　　然而今天的日本，"下等国民"是很特殊的人群吗？他们难道不是随处可见的吗？

　　躲在石卷站前的厕所里，在严寒中大口吃着咖喱包，靠罐装咖啡暖胃的我，和他们又有多少区别呢？想必读者中不乏我的同类。也许我们中的绝大多数都已经适应了当下的生活。

　　非正规雇用已成常态。养老金制度已然崩塌，退休后的生活毫无保障。人们不得不工作到70岁，甚至75岁。换句话说，就是"工作到死"。政客们躲躲藏藏，逃避向公众解释的责任。司法公正更是指望不上。各位读者不是也很适应这样的"当下"吗？

　　长久以来，人们都说日本社会的贫富差距已经越发悬殊，而生活在一个等级森严的社会的底层就是这么回事。除了适应，没有其他的办法可以安慰自己。

一不小心，说得太激动了。还是回归正题吧。我是一个64岁的老年人。还请各位宽宏大量，不要把老人家的唠叨放在心上。

我满足于那样的生活，不过生活中也不是一丝喘息的机会都没有。

歇脚的好所在，就是位于石卷市大街道北的综合性浴场，"元气之汤"。浴场内有包括露天浴池在内的十多种浴池，附设餐厅，还可以在铺着榻榻米的休息室躺一躺。

可惜浴场不是通宵营业的，从早上9点开到夜里24点。但购买次卡的话，去一次只需600日元左右，一点都不贵。而且浴场全年无休，这一点也帮了我大忙。

周六下班后，通勤专车会把我撂在石卷站。而我会从那里出发，步行20分钟去浴场。泡温泉治愈因寒冷与疲惫而不堪重负的身体，舒舒服服待到打烊。

但我不能直接回宿舍去。

因为第二天是星期天，K全天都在宿舍。因为宿舍没有电视，所以他只能没完没了地玩那款消除游戏，即便如此，我也不想回去。

所以离开"元气之汤"后，我会走去石卷站后面的中里，那里有一间叫"自游空间"的漫画吧，找张躺椅睡到周日上午9点"元气之汤"开门，保证睡眠时间。

我本想一直这样度过周六晚上和周日一整天，熬过石卷的冬天。

谁知天不遂人愿，风云突变。

那是3月第二周的周六半夜。那天晚上，我照例去"元气之汤"泡了个汗流浃背，然后去"自游空间"躺着。

突然，腹部一阵剧痛！

那不是我第一次肚子疼，毕竟生活条件太差，身体出点毛病也没什么好奇怪的，买点不需要处方的胃药应付一下就是了。那晚的腹痛却不是闹着玩的。

我本想去前台要点胃药吃，谁知还没走到就疼得晕倒了。

再次睁眼时，人已经躺在了医院的治疗室里。男护士讲解病情的时候，我还迷迷糊糊的。

护士告诉我，我因为阑尾炎穿孔引发了腹膜炎，刚做完紧急手术。我都不记得自己上了救护车。别说是不记得上车了，我甚至不记得自己打过急救电话。十有八九是"自游空间"的工作人员帮忙叫的救护车。

阑尾炎穿孔引起的腹膜炎是怎么回事呢？貌似是我的阑尾破裂了，里面的东西漏了出来，引发了感染，进而恶化成了腹膜炎。

"当时情况非常危险，差点就没命了。"

护士微笑着说出的这句话吓得我毛骨悚然。

如果我晕倒在宿舍里，或者站前的多功能厕所里……

倒在多功能厕所里也就罢了，如果是在宿舍晕倒的，那可就真悬了。

K和我势同水火。他可能会对苦苦挣扎的我视而不见。而且哪怕痛到几乎要晕倒，我可能也不会向K求救。

从治疗室转移到病房之后，我需要断食整整五天，水也不能喝。唯一的慰藉就是有女护士用蘸了水的脱脂棉帮我擦嘴唇。

由于还不能下床走路，我跟护士打了招呼，躺在床上用手机联系了专务。

第二天是周日，专务表示要来探望，问我需不需要他带什么东西。我便请他尽量带些厚一点的文库本来。

周日当天，专务果然带着十本书来探病了。书是去二手书店买的，上面还贴着"100日元"字样的价签。虽然其中的一半是我看过的，但我还是恭恭敬敬地收下了。

在我住院的两个多月里，除了专务，没有一个工友来看望。我也没指望他们来探病，所以也不觉得失望。跟我搭档洗翻斗车轮胎的其他公司的工人倒是来过，而且还给了整整10000日元的慰问金，装在礼金袋里。

那可不是寻常的10000日元。那是我在严寒的石卷，顶着满头的泥水劳动一整天得来的收入的一半，不对，是比一半还多。我感动得都快掉眼泪了。

除此之外，还有两个人探望过我。一个是我的熟人，他是一家土木公司的营业本部长，四十出头。考虑到灾后重建会带来大量的工程项目，他们公司的总部从广岛迁到了东北。而他陪着来的人，则是他们公司的社长。

为什么会有这样的人来探望我呢？可能需要我稍作解释。其实，跟我搭档洗轮胎的正是他们公司的工人。

当然，堂堂营业本部长和社长不会因为这个特地跑来探望。那是一场在探病的同时进行的面试。

我洗轮胎的工地的总包方是日本五大建筑巨头之一。他们的子公司是一级分包商，而我所在的工程队和营业本部长所在的公司都是二级分包商。

虽说是子公司，但他们的母公司毕竟是行业巨头。分部、营业所、办事处织起一张覆盖全日本的大网，年营业额超过800亿日元。对于一家二级分包商来说，那样的公司高高在上，遥不可及。

巨头派来的工地负责人就更是站在云端的贵人

了，平时很少出现在我们面前。

　　他只在晨会的演讲台上出现过一次。

　　"明天将有一位贵宾来到这家医院。"

　　他连寒暄都略去了，直接报出一个家喻户晓的女演员的名字。她是那家全国性医院组织的亲善大使，第二天将来到工地，视察为灾区复兴服务的扩建工程。听说工地负责人要为她带路讲解。

　　"让她看到你们这种下贱的人，我都怕污了她的眼。不过考虑到她可能会来工地，我还是要提前警告各位，届时请务必专注做好自己的工作，千万不要停下来或者抬头看，不要有看人家一眼的心思。听清楚没有？不许看！"

　　那口气简直与威胁无异。

　　看到这里，大家可能会觉得，我虽然以工人的身份在工地干活，但每月好歹有40万日元的收入，难怪同工程队的工友会给我小鞋穿。

但事实并非如此。女川町的第一个项目的确是通过专务的父亲（社长）的关系拿到的，可之后的其他项目都是我作为营业部长拼命跑业务的结果。

大型综合建筑公司旗下都设有名为"协力会"的组织。

协力会旨在拢住分包商。

我们工程队所属的公司也加入了综合医院扩建工程的一级分包商体系，即巨头子公司的仙台分部组织的协力会。

协力会每年都会举办几次宴会。宴会名称会变，有时是工程平安祈愿会，有时是交换名片会，但本质是一样的。专务从不参加这种宴会。他抵触所有需要打领带出席的宴席，所以一直是我以营业部长的身份参加。来探望我的那位营业本部长就在宴会上与我交换过名片。

"久闻大名，石卷办事处的F所长一直跟我说你能力很强呢。"

交换名片时，营业本部长自报家门，说他叫S，并对我做出了这样的评价。我这个"营业部长"徒有虚名，平时还得去工地干活。人家可不一样，是名副其实的营业本部长。

S本部长说，他平时除了跑业务，还会去自家公司的工地视察工作，顺便见见总分包方的人。结果去医院的施工现场一看，在协力会的宴会上交换过名片的"营业部长"竟然在洗轮胎，搞得满头泥水，这让他颇感意外。

在社长前来探望的两天后，S又来了一趟，说道：

"你意下如何啊？要不要来我们公司啊？我们可不会委屈你洗轮胎。"

S表示，工资可以开到和现在一样。这么说起来，他们上次来看我的时候的确问起过我现在拿多少工资。

我当时就纳闷他们怎么会问这么敏感的问题，原来在这儿等着我呢。

我没有立即回复，而是请他给我两三天时间考虑一下。

"也是，总得和现在的公司商量一下。两三天我们还是可以等的，不过我们老板是个急脾气，你还是尽早决定吧。"

S撂下这句话，离开了病房。

其实我并不是很犹豫。不单单是因为跟K的矛盾。在医院的项目敲定之前，专务就找我谈过一次。

"反正已经跟这边的大公司搭上线了，应该不用再跑业务了吧。"

专务还补了一句。

他想把我的工资改成月薪固定，缺勤倒扣，和其他人一样。

"老妈一直念叨这事呢，烦死人了。"

他还找了这么个借口。

专务所谓的"大公司"就是分包道路建设工程的石卷本地综合建筑公司，即业内人士常说的"地头蛇"。但我后来拿到了行业巨头的项目，专务便收回了成命，可天知道他什么时候会再提。毕竟他给出的降薪理由是"老妈"。

即便如此，我还是没能一口答应。因为我觉得专务的公司总有一天会需要我出力的。更关键的是，我放不下三年前来东北前社长许下的承诺——赚钱了对半分。

据说住在兵库的社长为了筹集在东北开展业务的启动资金不惜卖掉了自家的重型机械。虽说修路工程赚了点小钱，但盈利还不足以让他买回那些器械。

但如果能用眼下这套人员班子做下去，盈利就是迟早的事。到时候，除了40万日元的固定工资，还会有一半的盈利进到我的口袋。要是去了S的公司，我就成了纯粹的工薪族，没有分红可赚了。这就是我犹豫的原因。

　　看到这里，各位读者是不是觉得我特别贪婪呢？但我会这么想也是有原因的。为了帮大家理解我的思路，我想穿插一段"中场休息"。请各位听我讲一讲我是如何进入土木工程行业的吧。

始末

我在35岁的时候自立门户开公司，当了20年的老板。

公司的主要业务是管理高尔夫球场，说白了就是修剪草坪。但"管理高尔夫球场"并不是一项简单的工作。

在日本，这项工作的专业性和社会地位还远没有达到受重视的程度。但是在西方国家，好比美国，球场管理人的社会声誉至少要比律师高。顶级管理者住带游泳池的豪宅也是理所当然。

据说英国是高尔夫的发祥地，而英国最负盛名的球场莫过于圣安德鲁斯高尔夫俱乐部（St. Andrews）。众所周知，它是全球最古老的高尔夫球场，被誉为高尔夫圣地。

而这家俱乐部中的圣安德鲁斯高尔夫老球场（Old Course）更是令每位球手心驰神往的圣殿，一辈子至少要来体验一次。不过这座球场可不是想约就能约到的。

有一次，我的一位球场管理人前辈来到了大名鼎鼎的圣安德鲁斯。他用蹩脚的英语告诉前台的工作人员，自己也是做球场管理的，不敢奢望亲自下场打球，只求走到场地的角落看两眼学习学习。

听完他的讲述，前台工作人员立刻表示："请您一定去球场打一局体验一下。"这也能从侧面体现出，球场管理人在欧美国家是一种备受尊重的职业。

美国每年都会举办一场大规模的高尔夫用品展览会。球场管理设备、农药、肥料和其他草坪养护设备与资材的厂商齐聚一堂，交流学习。

其间还会举办各种类型的研讨会，冲着研讨会参展的球场管理人也不在少数。

我也是每年都去美国参展。光是仔细浏览参展的商品，就要花三天时间，规模之大令人瞠目结舌。但更让我吃惊的是在新奥尔良展会期间目睹的一幕光景。

因为报名时间太晚，我没能在会场附近订到酒店，只能住在郊区的汽车旅馆。餐厅提供自助早餐，但只有咖啡和面包。走进餐厅一看，只见许多年轻人聚在一起。原来他们都是立志成为球场管理人的人，正啃着味道寡淡的面包开自学讨论会。一大早的，展会都还没开始呢，那高涨的热情让我叹为观止。

在展会后参观的著名高尔夫球场也充满了惊喜。有一年的展会在佐治亚州的亚特兰大举行，而著名的奥古斯塔国家高尔夫俱乐部（Augusta National Golf Club）就坐落在毗邻亚特兰大的奥古斯塔。那里也是世界级赛事"大师赛"的举办地。

构思并设计这座球场的是被誉为"球圣"和"高尔夫之神"的鲍比·琼斯（Bobby Jones）。

他也是史上最伟大的业余高尔夫球手，一举拿下世界四大赛事的冠军，成为有史以来第一个获得"超级大满贯"称号的人。[1]

奥古斯塔球场的难度很高，球在果岭[2]的滚动速度更是非常迅速，人称"玻璃果岭"或"女巫果岭"，令球手望而生畏。还有几处球洞被称为"阿门角"，

---

1 同一年内获得美国公开赛、英国公开赛、美国业余赛、英国业余赛的冠军。
2 指球洞所在的草坪，果岭的草短、平滑，有助于推球。

因为难度实在太高，唯有向上帝祈祷才能使球平安打过。

这座球场的标志性球洞是13号短洞。目标果岭受到小溪和沙坑的阻挡，难度自不必说，不过盛开在洞口四周的杜鹃花才是这个洞的名片。看电视台转播大师赛的时候，我一直觉得很不可思议：为什么球场能让杜鹃花盛开在大赛期间呢？

杜鹃花毕竟是植物，照理说开花时间肯定会受当年气候的影响，时而提前，时而推迟。怎么可能每年恰好等到比赛周才开呢。

到现场参观时，谜底终于揭晓。

据说开花时间基本都是提前的，不会推迟。所以为了推迟开花时间，球场工作人员会在赛前喷洒干冰雾。

不仅如此。

那座球场的各个区域以松林隔开。工作人员会在赛前搜集落下的松针，摆成井字形。

没想到他们在草坪之外投入了这么多时间和精力。那得花多少人工成本啊？——我会产生这样的疑问也是理所当然。

不过这都是杞人忧天。

早在比赛开始之前，便有来自美国和世界各地的球场管理人志愿前来布置球场。普通的工人是不会被录用的。最后入选的都是本身具有一定的经验，并且在本地知名球场工作的管理者。他们以"普通工人"的身份，和几十名同人一起为布置球场挥洒汗水。

美国首屈一指的公共球场——卵石滩高尔夫球场（Pebble Beach Golf Links）也让我大开眼界。几处球洞的沙坑很深，沙却被拨到了沙坑的斜坡上。光看电视，我无论如何都想不通，怎么做才能让沙子停留在陡坡上而不掉下来。

到现场一看，我才明白其中的玄机。

原来沙子不是"拨"上去的，而是混入胶水以后喷在斜坡上的。我惊得无话可说，没想到他们会为了对付沙子使出这种法子。

球场管理行业流传着这样一句话："诞生于英国，加工于美国，毁于日本。"在日本从事高尔夫球场管理的那些年里，我经历过很多足以印证这句话的事情。

我入行的时候刚好是泡沫经济时期的尾声。人们见证了泡沫的破裂，但已经规划、开工的高尔夫球场还是接连开业了。

如今，不设球童的自助式打球已是司空见惯。但是在当时，没有球童的高尔夫球场会被贴上"三流"的标签。因此高尔夫球场的老板们必须在开业前找到足够多的球童，于是他们就把视线投向了本地的高中，雇了一大批女高中生。关西的球场则瞄准了九州的高中。

当然，球场开出的薪资条件对高中的女学生而言极具吸引力。

月薪25万日元，而且公司提供宿舍，一人一套一室户。宿舍公寓一层设有便利店，地下还有带游泳池的健身房。

这还不是全部。

公司赠送每个球童一辆崭新的轻型车用于上下班。至于驾照，可以去集训式驾校考，费用当然是公司全额负担。此外，每人每个工作日发放1万日元的化妆补贴。

各位读者可能会觉得这很荒唐吧，但日本的确有过这样一个时代。

此外，球童们还能收到来自客人（打球者）的小费。不过我对此并不羡慕。

有一天，我在出发洞目睹了一幕光景。听完我的讲述，各位自会明白我为什么不羡慕。

一位顾客掏出一张万元大钞甩了甩，如此说道：

"你给我盯紧了，别把球跟丢了。今天一整天，你就是我的狗。你要像狗一样追着球跑，听见了吗？"

球童点了点头。

"好，那你先原地转三圈，叫一声给我听听。"

高尔夫球场也有这样的顾客，这让我如何羡慕得起来。

还有一个笑话可以充分说明球场招募球童时是多么匆忙。

一次，我在巡逻球场时在出发洞碰到了一组客人。他们已经打到了球道的第二杆，大概是提前开打了。

客人对一脸天真的球童问道："离果岭还有多远？"

他问的是距离。一般情况下，应该回答"还有多少码"。

"唔……大概走个五分钟就到了。"

球童的回答神似房产中介，客人笑得前仰后合。

球童的待遇非常好，球场管理人却丝毫没有享受到泡沫经济的恩惠。老板只把我们当体力劳动者看。不过这也是在所难免。毕竟在美国，梦想着成为球场管理人的年轻人可是会自发召开学习讨论会的啊。

那日本呢？因征地建高尔夫球场而失去农田或者拥有整个山头的农民被任命为球场管理人是很常见的情况。

球场的经营者想得也很简单：既然你们种过水稻，那应该也能管好球场的草坪。聘用农民的原因就是如此敷衍随意。

不好意思，我又要举外国的例子说明问题了。在欧美国家，大赛冠军的获胜感言中一定会有这样一句话：

"感谢球场管理人将赛道调整到最完美的状态。"

颁奖典礼的座次安排也能体现出人们对球场管理人的尊重。球场的理事长坐上座，而坐在他旁边的一定是负责管理球场的人。

那么在日本呢？

问题根本不在于座次。

球场管理人甚至不许进入球员齐聚的俱乐部会所。

有一次，某球场管理人想进会所找经理确认一件事，谁知工作人员却把他轰了出来，骂道："穿着工作服进来像什么样子！"

我为什么要用这么多篇幅介绍高尔夫球场呢？

实不相瞒，在泡沫经济时代和那之后的20多年时间里，我一直是"那个世界"的人。直到55岁那年公司破产，我才沦落到了"这个世界"，也就是所谓的"社会底层"。在那之前，我对非正式工的哀愁一无所知。

当年的生活是何等奢侈。

毕竟我经营的公司承包了全国12座高尔夫球场的管理业务，年收入高达2400万日元。公司的经费也可以随意使用，充裕得很。

厚着脸皮和大家分享一下我当年的生活吧。一天晚上，我去了赤坂的一家白人钢管舞夜店。我经常去那家店，一晚上砸个百来万也是常有的事。

打烊后，我请意大利经理和几位白人舞女出台，去了一家高档烤肉店。半路上，我带着舞女们进了即兴酒吧[1]。舞女着装煽情，身材又都是模特级的，惹

---

1 Happening Bar，日本的成人娱乐场所，打着酒吧的幌子，口味各异的男女聚在一起享受即兴性行为。

得在场的男性顾客惊愕不已，寻思"接下来会发生什么"，在期待中扭动着身躯。我斜眼俯视他们，品味着阴险的欢愉。现在想来，我当年真是个混账到极点的人渣。

不过也正因如此，我才能冷静地观察在穷困潦倒后结识的底层群体（我并不是在为当年的荒唐找借口）。如果用"观察"这个词太傲慢的话，那就改成我能够"客观看待"他们吧。我想通过这本书，把自己的所见、所做、所感、所想全部分享给大家，毫无隐藏。

丢了饭碗的男人最先想到的赚钱之法就是"当土木工人"。我最近结交了一位年轻的演员朋友，他也是一边做土木工人赚日结工资，一边坚持追逐演员的梦想。

不过公司破产时，我已经55岁了，而且我也不是公司一破产就立刻做起了土木工人。投身这一行的始末，已经在本书开头介绍过了。

当时，我一边收拾公司破产的烂摊子，一边去兵库县的著名球场协助管理草坪。那是最后一家和我续约的球场。大环境最好的时候，我的日薪高达100万日元。随着经济的衰退，金额逐步减少，当时已经降到了17万。可即便如此，我去一天还是可以拿到17万啊。每月去两天，就有34万的收入了。这绝不是一个难以度日的金额。

如今，我改行做了小说家。每每想起那段日子，我都羞愧不已。每月只要工作两天就能赚到足够的生活费啊，怎么就没趁那个时候写小说呢？怎么就没趁那个时候发愤努力呢？

我忘不了过去的辉煌，想要东山再起，四处寻觅商业机遇。

这就是我来到灾区的始末。三年过去了，我仍然放不下当年的纸醉金迷，所以我才会犹豫。

S的公司认识到了我的价值。是跳槽过去，还是为将来的分红留在专务手下？

我权衡了许久，天平摇摆不定。

然而，S只给了我三天时间考虑。

我抱着搏一把的心态，让专务来病房一趟。我告诉他，S想挖我。刚做完这么大的手术，我不认为自己还有体力继续去工地干活。

专务不假思索道：

"我也知道你身体吃不消啦。公司正准备在东北租一间办公室呢，也是时候开个东北分公司了。到时候啊，你就去办公室上班好了，不用再去工地了。"

听到这话，我心中一喜，便问他宿舍要怎么安排。我还虚张声势，说S的公司会帮我解决住宿问题。

"那可不行。工地都不去了，还指望公司给你安排宿舍呢？租办公室也要花钱的啊。如果要额外租房，老妈肯定要发火的。"

又是"老妈"。听到这话，我便下定了跳槽的决心。

仙台市 ◉ 土木工人宿舍

出院时已是初夏。

我并没有立即入职S的公司，而是请他给我一个月的缓冲时间。

如果专务真要租办公室，并将其注册为东北分公司，那就需要向主管部门提交申请。正式注册时也需要准备好就业规则等各种内部规章制度。

我想帮专务把这些手续办好再走。

S同意了。

而且是一口答应。

这主要归功于土木行业的惯例。

土木行业最忌讳挖墙脚。虽不至于引发正面纠纷，但公司之间可能因此产生矛盾，所以员工跳槽时必须征得老东家的同意。

这方面的限制似乎违背了宪法规定的"职业选择自由"，但这个行当的人显然更看重面子，而非宪法。

这大概就是S一口答应的原因所在。

S为我安排的宿舍在仙台站后面。刚出院的那两个星期，我每天腹痛难耐，连出门买包烟都很困难。等到疼痛稍有好转，我就过上了每天从仙台坐大巴去石卷的生活。当时，连接仙台和石卷的仙石线仍有部分路段停运，只能用大巴代替。我选择坐直达大巴车，这样就不用换乘了。

仙台的宿舍虽是预制装配式住宅，但质量很好。房间大概有六张榻榻米大，每间住两个工人。公司允许我一个人住一间。

晚餐是自助餐。负责做饭的女员工会在每天中午之前来到宿舍，做若干种熟食盛放在大盘子里备用。

早餐也出自同一人之手，是每天清晨现做的。

无论是味道还是分量，都无可挑剔。

在大食堂吃饭的工人大约有30个。

住了不到一个星期，我便发现宿舍里有两种工人。一种是我很熟悉的土木工人；另一种打扮得和土木工人一样，散发出来的气场却与我平时接触的工人有着微妙的不同。两拨人都说广岛方言，但没有要相互交流的意思，却也没有一触即发的紧张感。

我对S老实交代了自己的感受。S如此回答：

"你所谓的正牌工人是我们工程部长带来的专职土木工人。另一拨人是我从广岛招来的半吊子。不过我也没资格说人家是半吊子啦。"

S边说边笑。据说他原本在广岛经营一家私人二手车行，把日本的二手车卖去东南亚。社长看中了他的谈判能力，亲自点他来了仙台。

"半吊子？"

"半吊子嘛，就是不算黑帮的，但也不是正经人。"

他的语气很是轻松，可要是按字面意思理解他的回答，情况就很微妙了。我不禁犹豫起来，不知道该不该继续追问。

S口中的"半吊子"小团体中确实有几个怪人。

例如，有个工人在宿舍房间里养蛇。

我不会因为一个人养蛇就认为他是个怪人，可蛇是从工地抓回来的。不，就算是这样，也不能断定人家是奇葩。

问题是他养蛇的方法。

一条青蛇和一条虎斑蛇，被他一起养在一个小虫笼里。我都不知道这样算不算在"养"了。

两条蛇堪堪挤进虫笼，纠缠成团，一动不动。

宿舍房间铺着地毯。我曾看到那人把虫笼放在脱拖鞋的三合土地面上。天知道笼子里的蛇是死是活，不过蛇皮油光锃亮，大概是活着的吧。强烈的蛇味从他屋里飘出来，臭得我直想扭头就走，却还是不小心吸了一口。

除了我，其他工人都是两人一间。这意味着他的室友平时也得闻着那股味道。我不得不以此断定，养蛇的是怪人，他的室友也好不到哪儿去。

我还见过一个工人深更半夜拿镊子拔胡子。他对着洗手台的镜子，没完没了地拔着胡子，脸颊上都渗出了血。我深感莫名，便找S打听了一下。他的回答令我大吃一惊。

"那人啊，原来是有毒瘾的。以至于一旦看什么东西不顺眼，就非得想法子弄掉不可。我以前在东南亚的时候，为了应酬也试过几次，但没有迷到上瘾的地步。你也别多管，让他去吧。我已经明确告诉他了，下次再抓到他吸毒就立即解雇。"

得知S也用过兴奋剂，我只得傻乎乎地回一句：

"哦，这样啊……"

工人的事情就说到这里，再聊聊我在新公司的工作吧。时常有人找社长谈赚钱的项目，看来他肯定攒了不少钱。

为什么老有人找社长谈项目呢？我只知道社长的主业并不是土木工程，其他的就一无所知了。

除了土木建筑公司，社长还在仙台经营着一家做土木资材生意的贸易公司。在东北最繁华的仙台市国分町，还有一家他开的高级日本料理店。据说他名下还有好几家有姑娘陪酒的高级会所。仙台站后面的工人宿舍用地也在社长名下。虽说房子是预制装配式住宅，但占地面积不算小，买地恐怕也要好几亿。

而且……

做土木资材生意的贸易公司也好，高级日本料理店也罢，还有那些会所，都是按"继续雇用老员工"的条件直接收购的。只有土木建筑公司迟迟找不到可以直接买下来用的，所以社长只得收购了一家休眠公司，建了那栋工人宿舍，并把工人团队从广岛拉了过来。

那都是三年前的事了。天知道S的社长在灾后不久的仙台砸了多少钱。

据说社长是个在某些行当（我不知道，也不想知道那到底是什么行当）相当有名的人。无论是找上门的项目，还是带着项目来的人，都不仅限于社长开展业务的宫城县，也不仅限于他的老家广岛县，而是遍布全国各地。

例如，有人找到社长说，冲绳某渔港的水因河沙流入变浅，渔民一筹莫展。渔业协会的同意书已经到手了，你要不要把渔港的疏浚工程承包下来啊？美军基地不是要搬迁到边野古嘛，负责填海造地工程的公司会收购渔港挖出来的泥沙。

还有人带来了这样一个项目。

由于福岛第一核电站发生了事故，停止发电了，福岛今后可能会出现严重的电力短缺，建设火电厂迫在眉睫。然而电力短缺的不仅仅是福岛，全日本都要面临这个问题，因此煤炭资源也会枯竭，进而价格飞涨。

与此同时，被海啸毁坏的房屋的柱子、房梁等木质废料在灾区各处堆积如山。各地政府都在为废料的焚烧问题头疼。既然如此，何不把废料用作燃料呢？

这样的项目源源不断。而每个带着项目找上门的人都会用这样一句话结尾："为了实现这项计划，能否请您提供一些启动资金呢？"

我的任务就是参加社长和提案人的会议，对项目进行背景调查，归纳评估报告。

经过调查，我发现没有一个项目是靠谱的。火电厂那个项目就更夸张了，连查都不用查，一问就露马脚。

"您说1F停转会导致福岛电力短缺，可是在大地震之前，1F发的电也是全部输送到东京的不是吗？"

只要抛出这样的问题，对方便支支吾吾起来。

"1F"是福岛第一核电站的昵称，他竟然连这个词都没听过，还有什么好谈的。

我还陪社长实地考察过，去了福岛县的南相马市。

提案人是这么说的：

"福岛的拆房业务前景大好。因为除了被海啸破坏的房屋，在福岛第一核电站发生事故后被指定为禁止居住区域的房屋也要逐步拆除。"

这层逻辑倒也不见得有错。

在海啸废料的收集运输和拆除损毁房屋等方面，

福岛的进度的确比其他灾区要慢。

至于禁止居住区域的房屋，政府也出台了相应的政策。如果居民在解禁后无意回迁，并愿意拆除房屋，政府将额外发放高额补偿金。

这项政策本有时间限制，但公告一出，众多居民申请拆除，以至于人们无法在规定期限内完成整理工作并着手拆除。因此政府相应延长了批准发放补偿金的期限。

提案人继续说道：

"问题是，拆除禁止居住区域的房屋产生的废料可能受到了高浓度放射性物质的污染，外县恐怕不愿意接收。"

这套说辞也有几分道理。

中央政府早已做出决定，要把被1F的高浓度放射性物质污染的废料集中堆放在政府指定的临时储藏设施里。

临时储藏设施仅限于福岛县内。在30年内，中央政府会再次指定最终处理站，将废料转移过去。

这是政府做出的决定，但是看到媒体的报道后，我不由得心生疑问。

要知道，哪怕是距离核电站近200千米，而且并未检测出辐射的陆前高田市的震灾废料，也没有其他都道府县愿意接收啊。

各位读者可能还记得，陆前高田市遭到海啸袭击时，沿海的防风林几乎被摧毁殆尽，唯有一棵松树屹立不倒，人称"奇迹一本松"，享誉全国，成了灾后复兴的象征和旅游景点。虽然到头来那棵松树也枯死了，但这并不重要。总之，其他都道府县的确存在不愿接收疏散区房屋废料的可能性。

大地震那年夏天，陆前高田市联系京都市和大文字保存会，提出想供奉护摩木[1]。每块上面写有遇难者的姓名和祈祷复兴的寄语。谁知京都市民因为担心核

1　亦称"火木"，密教护摩法中所用焚木。

污染强烈反对。大文字保存会原本都答应了，最后也只能拒绝。

为了京都市的名誉，请允许我稍作补充。京都方面也不是一味拒绝，什么都没做。大文字保存会虽然拒绝了陆前高田市的护摩木，但他们把上面的文字抄录在了别的护摩木上，用在了大文字送火[1]仪式中，没有辜负灾区人民的一片心意。

哪怕是不存在辐射问题的护摩木，遭受的都是这样的待遇，其他府县又怎么可能主动提出把最终处理站建在自家的地盘呢？且不论做出决策的是政客还是霞关[2]的高级官僚，问题是做决定的人在30年后还活着吗？就算还活着，恐怕也退休了吧。

在我看来，这项决策不过是在拖时间而已。

提案者的介绍还没完。

环境省明确规定，疏散区房屋拆除工程的承包商

1　日本盂兰盆节迎送鬼灵习俗。
2　日本政府机关集中的区域。

必须保证有用于堆放废料的场地。

我坐在社长旁边，边听边点头，时不时附和两声。

清污工程的确已经发展成了福岛的一大产业。而这类工程的总包商都是大型综合建筑公司，但疏散区的清污工程是环境省的直辖业务。

提案者终于说到了结论：

"我认识环境省的官员。南相马市有一片区域位于核电站20千米范围内，被政府指定为疏散区。有一位养猪户在那边拥有5万平方米的地皮。核电站事故发生后谣言四起，害得他没法继续养猪了。我已经跟他谈妥了，可以跟他签五年的合同，租下那块地。"

听到这里，社长也不禁探出了身子。

"所以……"

又来了。

"能否请您赞助5000万用于租地呢？"

此话一出，项目的可信度顿时打了折扣。

但社长的态度依然积极，甚至提出要去养猪场原址考察一番。

在社长动身考察之前，我在网上联系到了一个原本住在南相马市疏散区（小高区）的人。当时他已经被疏散到了南相马市的原町区。我搜到了他发的博客，给他留言，还跟他见了一面。

我们约在南相马市原町区的"南相马公路驿站"见面。他告诉我……

提案人说的大体属实。问题是，目前疏散区的房屋拆除工作是由两家原本就开在南相马市小高区的工业垃圾处理公司垄断的，其他公司恐怕很难接到项目。

就是这么回事。我也听说过那两家公司的名字。

在和此人碰面之前，我在网上查询过环境省的签约招标信息。承包疏散区房屋拆除工程的正是他提到的那两家公司。

我跟社长汇报了这件事，可他还是想去实地考察一下。

承包房屋拆除工程的确很有吸引力，但更吸引社长的是提案人的后台。如果他和环境省官员之间的关系够硬，社长还想和环境省的本地业务负责人交换一下名片，为今后拓展公司业务打下基础。

不愧是在仙台市投入了大量资金，收购了土木公司、资材贸易公司、高级日本料理店和会所的人。打个不中听的比方，他还真有点像趁火打劫的土狼。不过我自己也是出于同样的土狼本性才来的灾区，所以也没有资格说社长的坏话。

再加上之前找上门的项目全都不了了之，我心里总归有点着急，想尽快做出点成绩来。

实地考察当天，我在仙台站前的酒店大堂接上提案人，坐上S驾驶的高档单厢车前往南相马市。社长也在车上。

先说结论吧。考察结果非常糟糕。

首先是那座养猪场。建有一排排猪舍的场地确实还算宽敞，奈何通往养猪场内部的路太窄了。

运送拆迁房屋时产生的工业垃圾需要10吨级的翻斗车，可那条路怎么看都没有那种规格的翻斗车开得进去的宽度。

针对我指出的问题，提案者表示这一带的山林也是养猪场老板的，可以施工拓宽道路。然而在我看来，那不过是敷衍我们的说辞。

而在环境省驻南相马办事处发生的事情，则彻底宣告了项目的死刑。

提案者报出他想见的人的姓名，在门口处的狭小会客区等了好久，才等到那位官员现身。听到官员开口说出的第一句话，我便对这个项目彻底死心了。

"怎么又是你啊！我们也很忙的好不好！都跟你

说过多少次了，以后别来了！"

"吃闭门羹"说的就是这么回事。

光凭这句话，提案人的项目就已经站不住脚了。然而在回仙台市的路上，他还在坚持游说。

"我认识的是霞关的大官。在大官眼里啊，被外派到南相马办事处的小喽啰就跟垃圾似的。"

他拼命圆谎，可惜事已至此，车上已经没人理他了，甚至懒得随声附和几声。我们就这样在完全无视他的凝重气氛中回到了仙台。

我们把他撂在仙台的酒店，然后去了社长名下的高级日本料理店。

业务再次受挫，我实在没有胃口，但社长表示他要托我办事，所以我只能跟去。

我哪来的闲情逸致品味仙台的乡土料理啊。社长却在餐桌上提了两点要求：

"且不论公司能不能承包南相马市的拆房工程，

我对收购疏散区的土地产生了浓厚的兴趣。离核电站越近越好。我需要你帮我找一找适合收购的土地。"

这是第一点。至于第二点……

"听说国家有一项从东南亚和非洲的发展中国家引进研修生当劳工的制度，我也想招几个……不，几个太少了，至少招几十个吧，让他们来公司做工。既然是穷国来的人，用工成本肯定很低。我需要你开发一下这条路子。"

两点要求都很蹊跷。我甚至能闻到阴谋的味道。

先说第一点。社长没有说他为什么要买下出事的核电站附近的土地，但他肯定没安好心。

第二点也一样。

"雇发展中国家的人，用工成本肯定比日本人便宜"——这完全是黑心企业的逻辑啊！

我开始后悔了，后悔离开石卷市那位专务的公司，搬到仙台。可事到如今，我也没法开口说要回去。专务也许会答应，但眼前这位强势的社长和营业本部长S绝不会轻易放我走。

当时我的女儿已经从高中毕业了，但还没成年。我曾答应过她妈妈，在她成年之前，我一定会负起责任提供抚养费。这是我的真心话，而非一时的敷衍。我根本无暇生出别的心思。除了对社长点头，我别无选择。

我做的第一件事就是研究从发展中国家招收研修生的制度，毕竟它看起来更容易操作。我对"外国人用工成本低"这种黑心企业的思路是很抵触的，但我已是自身难保，没有闲工夫说些冠冕堂皇的漂亮话替别人操心了。

我立刻着手研究那项制度。

一查才知道，来自发展中国家的人也不便宜。制度明确规定，必须保障外国研修生和日本人同工同酬。而且有专门的接收窗口单位负责核查研修生的工作条件是否符合规定，用人单位还需要负担相应的经费。

我并没有因为查到了这些就轻言放弃。

再好的制度也有空子可钻。媒体也曾报道过，有用人单位没收了外国研修生的护照，以免他们逃跑。

瞧瞧每个地方的闹市区都有菲律宾酒吧就知道了。仙台市最热闹的国分町就不用说了，石卷市的闹市区立町也有，而且不是一两家。

酒吧的陪酒女没有纯服务业的工作签证。换句话说，当陪酒女是拿不到工作签证的，只能申请从事文娱类工作的艺人签证。

因此这类酒吧的菲律宾陪酒女不会像其他餐饮店、风俗店的姑娘那样被称为"女公关"或"小姐"，一般称"艺人"，以稀释其违法性。但实际上，她们从事的是陪酒或更危险的工作，不管当事人愿不愿意。

这个社会就是如此。

我去了一趟外国研修生的接收窗口。

其中一家单位是总部设在宫城县和山形县的股份制公司（株式会社）。资本金不过50万日元，成立于东日本大地震后的第二年。单看这两点已经很可疑了，不过我倒觉得越可疑的公司反而越可靠。

可惜这一趟也白跑了。

递名片给我的社长神情威严，却怎么看都不像是正经人。他告诉我，为了防止用人单位非法压榨外国研修生，应当妥善管理其工资，他们公司派遣的研修生的工资不能直接付给本人。公司会一并请款，然后再统一转账给研修生。

不难想象，这家公司肯定在非法抽成。他的口气让我不得不打消了接收研修生的念头。总而言之，"廉价雇用外国研修生"的思路本身就是错的。单单接收研修生是没用的，只有成为研修生的派遣方才有赚头。

问题是，要想拿到接收派遣资格，必然需要去有关部门办理繁杂的手续。而且那位社长表示，派遣国有关部门的门路也是必不可少的。我不得不痛下判断，自己根本没有本事推进这件事。

为了接收外国劳工，我还去了另一个地方。从严格意义上讲，那并不是研修生的接收窗口，而是石卷市郊外的一家烤肉店。老板娘是韩国人。除了卖烤肉，她还在店后的空地上搭了五十多间集装箱房，用作月租工人宿舍。

在大地震三年后，大量土木工人来到灾区找工作，而面向他们的月租宿舍也在石卷市内遍地开花。老板娘的集装箱房也是其中之一。

当年被同一屋檐下的K折磨得筋疲力尽的时候，我曾拜访过老板娘，想在她那儿租一间房住。可惜集装箱房连三张榻榻米的面积都不到，租金却比和K同住的独栋房子还贵，我只得作罢。不过我看到店里贴着一张广告，上面写着"本店可派遣工人"。

出于好奇，我稍微咨询了一下。原来老板娘派遣的工人是从韩国过来打工的人，有工作签证。

当时只是好奇，可今时不同往日。虽然不是研修生，但好歹是外国劳工，这一点符合社长的需求。

然而这条路也走不通。虽说老板娘来自韩国，但她毕竟在石卷开着烤肉店，还经营着土木工人宿舍，这样的女人绝不是省油的灯。

她非常熟悉日本的市场行情。开出的工资极为合理，而且坚决不让步。这个价位不可能让社长满意，我只好放弃。

当然，我提交了关于这两件事的报告，向社长讲述了事情的来龙去脉。谁知大约三个月后，社长突然打电话给我，命令我三天后跟他去曼谷。

也不知是倒霉还是走运，我的护照已经过了十年有效期，只有三天也办不出新的，所以不能陪他去。天知道他此行的目的究竟是什么。

提交报告后，我就开始研究下一项课题了——收购福岛第一核电站附近的土地。

问题是，这条路也不好走。

我不可能直接杀去1F附近的城镇。就算去了，那一带也是禁止进入区，没有人住。我找外围城镇（比如之前去过的南相马市、岩城市）的房产中介公司打听了一下，但没有一家有这种房源。

不仅如此，中介工作人员的态度和口气中还透着戒心。他们貌似怀疑我是反社会组织的人，或者是受那类组织之托找地皮的人。这也能从侧面体现出，反社会势力的确在为达成某种目的找地皮。正经人的确不会在出了事故的核电站附近找地，还要求越近越好，人家会误会也是在所难免。

在一家房产中介公司，上了年纪的老员工带着一丝嘲讽告诉我：

"如果你是冲着补偿来的，那就是白费工夫。核电站事故以后购买土地迁户口的人是拿不到补偿金的。"

我无从核实这番话的真伪，却也觉得这是理所当然。

当时，因核电站事故被迫离开故乡的人都得到了补偿，据说补偿金额在5000万到1亿不等。肯定有人冲着这笔钱盯上了核电站附近的地。然而，在仙台等我汇报的社长实在不可能出于如此单纯的动机动买地的心思。事到如今，我也不可能知道他究竟有怎样的深谋远虑了。

即便如此，我也没有放弃。不，应该说我的立场不容我放弃。我竟异想天开，试着直接联系因核电站事故疏散的居民。

寻找疏散居民并不难。好比在岩城市，不少疏散居民开上了豪车，盖起了新房。这当然是因为他们拿到了补偿金。而且这笔钱是免税的。甚至有一小撮人过上了大白天饮酒作乐、沉迷洗浴中心的日子，由此招来本地人的白眼。

那也是有人在岩城市公民馆门口写下"核电站疏散居民滚出去！"的时候。

也难怪啊。

早在东日本大地震之前，岩城市就已经有好几家洗浴中心了。然而在当时，连东京吉原的超高级风俗女郎竟然也开始来岩城打短工了。当然，本地居民肯定消费不起。他们会对花天酒地的疏散居民心生怨恨也不足为奇。

我很快就找到了一位疏散居民。

"听说那些疏散过来的人开着豪车，还盖了新房呢。这附近有新盖的房子吗？"

只要伪装成媒体记者，找本地居民问一圈，他们就会咬牙切齿地告诉你，某处的新房是疏散居民建的。

我按本地居民说的找到了那栋精致的新房，按下门铃。对着门铃边上的摄像头挂上最和善的笑容，如此说道：

"不好意思打扰了，有兴趣了解一下理财产品吗？"

上来就问卖不卖地，人家肯定会起疑心。

很多疏散居民为了继续享受免税政策连户口都没迁，所以跟这些人谈买卖土地的事情必须万分谨慎。

就算人家开了门，也不能立刻切入正题。因为我不确定老家的地还在不在他名下。所以我要先表达一番对疏散居民的同情，等对方开始放下戒心了，再把话题引向他的故乡。

您肯定很想回去吧？被本地人排挤肯定很难受吧？……要像这样引导话题。还要根据对方的反应，装出对本地居民的态度深感气愤的样子。

"听说政府的赔款也要停了呢。"

然后再随口抛出这句编出来的假话。如果对方慌了，就可以进入谈判环节了。

"您意下如何呀？这真的是个挣钱的好机会，要是成了，这辈子都不用为钱发愁了。先了解一下总归没坏处嘛。"

我一开始就说自己是来推销理财产品的，谈钱也不显得牵强，对方也会感兴趣。

然后再提议对方卖地。绝不主动开价（比如每平方米多少钱），没有比主动开价更愚蠢的做法了。

在东南亚之类的地方购买纪念品的经历让我学了一招——不还价的都是傻子。因为商家开的价格本就是心理价位的好几倍。

假设你在印尼买东西。商家开价100万盾。

"马哈尔！"这个时候，你要皱眉头这么喊。

在印尼语中，这句话的意思是"好贵啊！"。

于是商家会问你："那你开个价吧。"这个时候千万不能傻乎乎地回答"50万盾"。因为你报出来的金额会变成交涉的下限。

一旦有了下限，"50万到100万之间"便成了讨价还价的范围。

所以你得让对方开价。

如果对方开价70万盾，那这个金额就成了上限。但你要再喊几句"马哈尔"。要是对方不肯卖，你就摇摇头，假装要走。商家肯定会抓住你的胳膊挽留。这个时候，你要再问一句：

"普拉巴，哈佳纳？"

意思是"到底多少"，语气要凶一点。

我当然不会把如此精细的谈判技巧用在疏散居民身上。只是不主动开价，放低身段表示："我们就按您开的价钱买。"

价格并不重要，关键在于社长同不同意。要是社长让我压价，那就以对方开的价格为上限还价。哪怕人家狮子大开口，那也说明他至少是愿意卖的。

然而，我走访了好几户疏散居民，却没有一个人表示"我愿意卖地"。

被践踏也咬牙忍着

没错 忍着伤痛

品着寂寞的滋味

说着要心怀梦想

请允许我再次引用《昭和枯芒》的歌词。

看到我企图盘剥核电站事故的疏散居民，压榨外国研修生，各位读者定是目瞪口呆，直呼"好一个浑蛋"。

何须别人提醒。没人比我更清楚自己有多混账，混账到了极点。

我不是破罐子破摔，也没有在找借口，驱使着我的是肩头的重责。为了养活女儿，我必须每月赚到40万。

请大家再细细品味一下《昭和枯芒》的歌词。然后随我回忆一番……

令和元年（2019）下半年，"赏樱会风波"[1]震惊了全国。

在我撰写这本书的时候，还不知道这场风波要如何平息。然而此时此刻，很多人将批判的矛头指向了在答辩时给出不实回答的中央官僚。当事人首相则是三十六计走为上。

我甚至有些同情那群官僚。你们心中还有正义吗？你们还有没有自尊心？——民众对他们口诛笔伐，但他们到底是拖家带口的人啊。他们的家人都是被挟持的人质啊。

1　日本政府从1952年起在首都东京新宿御苑举办赏樱会，邀请社会各界代表与首相一起欣赏樱花，费用由政府承担。安倍执政期间，赏樱会预算大幅增加，疑似公款招待"关系户"，遭到在野党猛批。

哪怕被人践踏，遍体鳞伤，他们也只能咬紧牙关品着寂寞的滋味。

应该用大道理抨击的人，也许并不是他们。

更应该被批判的人显然包括至今没有履行责任、把问题解释清楚的首相，还有执政党的议员们。他们不仅没能揭发组织内部的问题，还打起了维护和包庇的主意。监察机构更是毫无作为，直叫人怀疑整套机制是否已沦为空壳。

在昭和时代，也发生过类似的……不，是性质更恶劣的事件。

那就是"洛克希德事件"。

美国洛克希德公司向时任首相田中角荣行贿，推销自家的飞机。此事最终导致前首相被捕，被判有罪。

东窗事发时，正是《昭和枯芒》拿下公信榜冠军的第二年，昭和五十一年（1976）。

当时前往国会接受质询的相关人员远不及为"赏

樱会"问题答辩的官僚那样巧舌如簧。无论对方问什么，他们都只有一句话："我不记得了。"

也许更聪明的是他们。一旦多嘴，就会被人抓到把柄。既然如此，一口咬定"我不记得了"，逃避回答，也许才是明智之举。

还记得刚参加工作的时候，我在电视上看到了东京大学发榜的新闻。记者将话筒对准金榜题名的学生，问道："跟我们分享一下你未来的抱负吧？"学生的回答却令我大吃一惊。

他如此说道：

"我要努力学习，为国民服务。"

听到一个前一天还在上高中的男生说出"国民"二字，我深感惊讶。那一幕至今历历在目。

从某种角度看，这话听起来像是上位者说的，有点高高在上的感觉。但是从另一个角度看，这也说明他有坚定的决心，想通过努力当上高官不是吗？

因"赏樱会"问题遭到在野党围攻的官僚恐怕也

是东京大学的毕业生。他们也曾志存高远，发愤学习。这样一群人，竟会如此狼狈。我总觉得他们肯定也很痛苦，很孤独。

前往福岛 📍

《接收外国劳工可行性报告》

《购置指定疏散区土地可行性报告》

我在提交了这两份报告的一周后被派往福岛县郡山市。下令的不是社长，而是营业本部长S。他说，已经有一支住宅清污团队出发去郡山市了，让我加入他们。

"您是让我去干住宅清污的活吗？"

"是啊，你有意见吗？你跟了社长的好几个项目，却一点成绩都没做出来啊。"

找上社长的项目的确都被我否决了，一个都没做成。可就凭这一点说我"没做出成绩"，我实在是不服气。要怪也只能怪项目本身太不靠谱了啊。我在报告中指出了项目的问题，帮公司规避了风险，这难道不算成果吗？

我用温和的语气为自己辩解。

尽量不表现出在反驳的样子。

"你还有脸说呢！你瞎忙活半天，不就是挑了点刺吗？社长才不想看你挑刺呢。他想要的是把找上门的项目变现的智慧啊！"

你让我怎么把那么不靠谱的项目变现啊？我很是纳闷，心想S是不是没看过我的报告啊？如果他看过，断不会说出这种话来。

我婉转地问了一句。

"谁有工夫看你那些用蝇头小字写的报告啊！我都是从最后一页开始翻的。反正你的结论都是'不能碰'呗。"

他的说辞令我震惊。莫非……社长也没有从头到尾看过我的报告？哪怕看了，恐怕也是草草翻了几页吧？

"这是我们进军仙台的第三年。社长已经准备放弃宫城了，说福岛才是最有潜力的地方。当然，公司在宫城砸了那么多钱，不可能说丢就丢，只是他已经在考虑把重心转移到福岛的事上。作为先遣部队，那支住宅清污小队已经去了郡山。社长想赚的可不止住宅清污的那点劳务费。他想在那里找到赚钱的线索，正式进军福岛。等业务上了轨道，他甚至有意把总部迁到福岛去，那叫一个积极。所以我希望你也能带着这种态度去福岛，务必找到赚大钱的突破口。"

我听着S的长篇大论，心里却惦记着自己的月薪。

当时，我还拿着每月40万的工资，和在石卷时一样。我担心公司会降薪。

我还在给女儿寄钱。每月还是只留5万在手头。

我平时要买烟、书、罐装咖啡和睡前喝的一罐汽酒，再加上去诊所开高血压药和预防血栓的药的诊疗费和在药房买药的钱，5万的开销是免不了的。换句话说，月薪少了，每月能寄给女儿的钱就少了。

这是我无论如何都想避免的情况，所以我战战兢兢地问了问工资的事情。

"做员工的，就得为公司挣出工资的三倍，这是社会的常识！这点道理你总不会不懂吧。一开始肯定挣不了太多，所以我可以给你几个月的缓冲时间。你得好好考虑一下要怎么样才能赚出这么多钱来。"

S的回答冠冕堂皇，是个老板都说得出这种话。

话虽如此，可每个员工都能拿到自己为公司赚来的钱的三分之一作为报酬吗？未必。顶多额外发点奖金。

大家还记得蓝色发光二极管（蓝光LED）的发明经过吗？这是一项彻底改写了全球照明行业的大发

明，参与研发的三位日本人获得了诺贝尔物理学奖。

明明是如此伟大的发明，其中一人所在的公司竟然只发了一次性的奖金。他备感寒心，便跳槽去了一所美国的大学。难得的顶尖人才就这样流失了。

这项发明为公司带来了巨大的收益，而且这种情况将持续很长一段时间，公司却试图用一点奖金敷衍了事。

我也知道拿享誉世界的学者打比方未免狂妄，可是公司单方面要求员工赚出工资的三倍是不是也过分了点呢？

然而在移居灾区的四年里（在石卷的三年半和在仙台的半年），我根本没有闲心思考这个问题。S的潜台词显然是"以后可能会降薪"，但我还是松了口气，因为眼前的收入好歹是保住了。

想必各位读者也是如此想的。

在今时今日的日本，终身雇用的概念已经土崩瓦解了。

在昭和时代，员工在同一家公司干到退休是一种美德，而公司也会以"论资排辈"回馈美德。不管员工的个人能力和业绩如何，只要工作年限够长，就能晋升到一定的职位，工资也能涨到一定的水平。当然，职位和工资前面都有"一定的"这个定语，但"公司看重员工是否忠心"的大环境终究存在。

然而在不知不觉中，日本流行起了"成果主义"和"实力至上主义"。人们理所当然地接受了这些思想，日本的就业环境也随之发生了巨变。

久而久之，"终身雇佣制"沦为失败者的理论，受人唾弃。打着"人往高处走"的旗号，在积累经验后跳槽或创业，得到更多报酬的人成了大家心目中的赢家。

于是社会上出现了这样一套价值观——将人分为"赢家"和"输家"的价值观。

回过神来才发现，大多数日本人已经成了"输家"的一员。这就是今天的日本。而"输家"的末路，正是"下等国民"。

日本也有过"一亿总中流"时代。大多数国民认为自己属于中产阶级。当时我刚上高中，应该是昭和四十五年（1970）左右吧。

还有人说：

"日本是世界上最成功的社会主义国家。"

我无意在此探讨社会主义和资本主义，在这方面也没有独到的见解。

请允许我再一次引用《昭和枯芒》的歌词。

我不奢求幸福

但求与常人一样

遥望流星 我们一如枯芒

昭和四十五年前后的日本处于经济高速增长

期。大多数人觉得自己是中产阶级。而如前所述，这首歌发布于经济高速增长期落幕的昭和四十九年（1974）。

我不奢求幸福，但求与常人一样。

说这句歌词是"失落的一代"的感言，或者当今日本"下等国民"的真情实感，也没有任何的不自然。

在今天的日本，存在一种取代了"一亿总中流"的说法。

那就是"一亿总活跃社会"。

首相官邸主页对这个词做出了如下诠释：

"男女老少、残疾人、疑难杂症患者、经历过失败的人都能被包容，都能发光发热的社会。"

据说这句话出自平成二十九年（2017）11月17日的首相施政演讲。

"一亿总中流"是当时的国民意识，而"一亿总活跃社会"则是一句政治口号。希望大家不要混淆了这两个概念。

政府根据这一口号制定了各种政策。

"人生百年时代构想"。

老年人的医疗费用自费比例调整至20%，而且政府有意提高开始领取养老金的年龄。

"工作方式改革"。

"促进工作方式多样化"成了绝佳的幌子，曾理所当然地被公司规章制度禁止的副业反而受到了追捧。

若要逐一指出种种问题，恐怕不是一两句话就能说得完的。各位读者不妨细细琢磨一下发生在自己身边的事情，便知"一亿总活跃社会"是一句何等空洞的口号。

令和元年（2019）6月，金融厅提交了一份报告，称国民若想安度晚年，需要提前准备2000万日元的养老资金。政府驳回了这份报告，但经济产业省的估算结果显示，安逸的晚年生活需要2895万日元的资金来支撑。

据民营智库预测，65岁男性的平均预期寿命不到20年，女性则超过25年。之所以在估算时以65岁为起点，可能是因为65岁恰好是开始领取养老金的年龄。

预测结果显示，哪怕一对老夫妻活到了平均年龄，除了政府发放的养老金，他们还需要另外准备1180万日元以上的养老资金。而且这个数字还不包括照护费用、房屋装修费和援助子女的开销等。

养老金来源于工作年龄人口的收入。这一群体的收入一旦下降，政府势必要提高开始领取养老金的年龄。没有养老金可领的时间越长，维系生活所需的养老资金就越多。预测结果告诉我们，活得越久，生活就越困难。

在我出生长大的昭和时代，大多数人都能过上"与常人一样"的生活。正因如此，我们才可以做梦。而且我们不光能做梦，还可以向流星许下圆梦的愿望。

然而在今天的日本，过上与常人一样的生活是何等困难。

日本是仅次于美国和中国的世界第三大经济体，却是发达国家中贫困率最高的国家之一，在七国集团（G7）中排名第二。单亲家庭的贫困更为严重，在经合组织（OECD）的33个成员国[1]中，日本的单亲家庭贫困率排名第一。

无数人在绝对贫困和相对贫困中苦苦挣扎。不，也许在今天的日本，因贫困苦苦挣扎才是"常态"。

光是想想就让人郁闷。

我在令和元年（2019）12月写下这篇书稿。政府刚上调了消费税。加税后没多久，政府就编制了2万亿日元的补充预算。有专家指出，编制补充预算的原因在于预期税收存在2万多亿日元的缺口。消费税上调

---

1 经合组织成员国现为38个。

了，但法人税下调了，而且大多数行业的企业都因消费不景气面临收入和利润的下降，所以专家的意见也不见得有错。

未来的日本会变成什么模样……

除了行使投票权，我们什么都做不了。还是说回我的个人经历吧。

郡山市 ◉ 住宅清污

S一声令下，我被贬去了郡山。

当晚，我便见到了先一步来到郡山的六名住宅清污小队成员。

他们散发出来的气场一如我在石卷见惯了的土木工人。他们不是没有经验的新手，不是S在广岛招来的人马。见公司派了有经验的工人，我便松了口气，因为这说明公司对这个项目还算重视。

他们原本是千叶县一家室内装修公司的工人。后来公司倒闭了，于是他们便一起来灾区找工作。

六人小队的组长叫W。

W看起来是个相当不错的年轻人，其他工友也给我留下了平和的印象。我心想，也许土木工人和装修工人的气质就是不太一样的吧。

然而，我的安心没能持续多久。因为包括我在内的七个人分配到的住处是老旧的两室一厅公寓房的其中一个房间。

并不是一人一间。

公司让我们七个人住一间。我还以为是因为项目时间比较短，所以只能住这种地方忍一忍。队长W却告诉我，并不是这么回事。

"在郡山……不，其他需要清污的地方大概也一样吧，很少有房东愿意把房子租给清污工人的。"

在福岛，清污工人貌似很不受待见。

"不过嘛，这也是没有办法的事情啦。"

说着，W面露苦笑。

"本地人对我们可冷淡了，他们认为我们在做清污工作，身上肯定被辐射污染了，所以我们不能穿着工作服进超市。要是一不小心碰了商品，就会有大妈大喊：'清污的人碰了！'"

而且W表示，清污工人会遭受这样的歧视也是自作自受。

"听说之前有人在超市的堂食区喝起了酒，大吵大闹，以至于现在每家超市都出了禁令。还有些工人一进店就挨个儿去牛肉盖饭档口要一小份饭，喝着自带的兑了水的烧酒。档口的老板见他们一直待在店里不走就说了两句，结果两边就吵起来了，最后还打了起来，闹到了警局。本地人不待见我们也是很正常的啊。"

据说市公所的"清污110热线"成了投诉清污工人的窗口。

接到投诉电话后，市公所职员会打电话给承包了市区住宅清污工作的综合建筑公司所长。对外宣称是"严厉警告"，其实是"破口大骂"。

当然，所长会把自己受的委屈全部反馈给清污工人，反馈的形式就是激烈而情绪化的训斥。

如果情节严重，工人会受到限时停工的处罚。更严重的处罚则是勒令其离开工地。

"有的是人可以替代你。"

据说这是所长的口头禅。

"所以愿意把房子租给清污工人的房东特别少。我们找了半天，也只找到了这样的房子。"

W所谓的"这样的房子"是街坊邻居口中的"清污公寓"，在市内有好几处。

和W的小队同住了两三天之后，我发现自己的第一印象并不准确。他们并不是"平和"，而是已经筋疲力尽了。

W的情况还算好，可其他人都顶着一双死鱼眼。他们动作缓慢，几乎不说话。而且我们工队并不是特例。在郡山市内铺着小石子的广场上集合做广播体操、参加晨会时，其他公司的工人也表现出了同样的状态。

住宅清污的报酬由两部分组成，分别是"按照房产面积计算的基本报酬"和"按每次不同的作业内容报价的自选项目报酬"。

自选项目报酬的计算标准包括擦拭清洗的落水管总长度、高压清洗的混凝土和平屋顶区域的总面积、挖去的地面面积、重新铺设的草坪面积、清洗更换的砂石面积、除草面积、清洗的集水池的面积和数量，等等。

我的任务是测量落水管、混凝土部分的长度与面积，写在平面图纸上，为计算自选项目报酬提供依据。

此外，W还给了我一台数码相机，让我拍下每个作业区域"清污前""清污中"和"清污后"的照片。清污前后还要用仪器测量辐射剂量，并拍摄显示结果的仪器屏幕。

W要求我一边完成这些工作，一边了解整体的工作流程。

实际开工后，拍照这件事搞得我手忙脚乱。

我在石卷工作时也给工地拍过照片，但当时只需要拍摄作业前后的照片，不需要作业期间的。当然也不存在拍摄剂量仪屏幕的情况。

毕竟是个小工地，六个工人各有分工。虽然不是所有人都在做不同的工作，但终究有好几项工作同步进行。

而且拍摄剂量仪屏幕时还有一个问题：清污后的读数不得超过每小时0.23微西弗。国家规定的年安全辐射剂量是1毫西弗（1000微西弗），如果高于0.23微西弗/小时，就无法达到安全标准了。

超标了怎么办？

当然不是继续清污，直到达标为止。

要么在同一片区域中找出不超标的点位，要么针对某个点位进一步清污，直到仪器测出达标的数值。

就在我好不容易适应了包括拍照在内的工作时，W接到了来自仙台的电话。公司要求整支小队转战气仙沼的工地。

"其实算上人力成本和经费，我们这个项目也一直在盈利的……"

W支支吾吾。

"又是那套三倍营业额理论吗？"

听到我这么说，W无力地点头。不过他支支吾吾的原因不仅于此。因为上头的命令是，让W带队转战气仙沼，但把我留在郡山，让我继续从事清污工作。

我联系了S。我想为自己争取一下，毕竟我不可能一个人留下来搞清污。就算我有独自完成清污工作的能力，也不可能"敲（叩く）"出月薪（40万）的三倍，也就是120万。

这个"敲"字是我在郡山学会的说法。也许其他地方的土木工人也这么说吧。反正在郡山，"完成了一处工地的工作"叫"敲"。

"我发现住宅清污没什么赚头，不用继续做了。我准备让你去做水田清污。"

他让我跑一趟郡山的Q公司。

"你靠住宅清污赚回来的钱少得跟眼屎似的，必须靠水田清污狠狠赚一笔，否则就得重新考虑一下你的工资了。给我好好干吧。"

听完这番并不鼓舞人心的鼓励，我奉命前往Q公司。当时我甚至不知道水田清污是怎么回事。

Q公司把一家已经停业的汽车修理公司用作总部办公室。我见到了他们的社长。社长非常年轻，看着像是出生在平成年代的"90后"。

“我原本是个录音室音乐家啦。”

年轻社长的办公桌后搁着一把破旧的电吉他。他是个男人，却满口女性用词，也许是因为他在演艺圈待过的缘故。

“我也经历过很多乱七八糟的事情，现在只是个挂名的社长啦。这家公司背后的大老板说，他可以帮我还债，但我得来福岛。于是我就来这儿给他当社长了啦。”

我很是无语。他竟对一个素未谋面，而且即将开展合作的人说出这么一番话来。但更令人吃惊的还在后头。

“承包清污项目不是要接受反黑检查的吗？我们大老板在那个圈子里也算是个名人，所以没法用他的名字。他跟仙台的S先生也算是老朋友啦。听说他们很早就认识了呢。”

言外之意，大老板是混黑道的，而且名气还不小？这位名声在外的黑帮大佬竟和仙台的S有交情？

"放心啦，人家有钱。毕竟他在东京有20家情人酒店呢。"

这让我怎么放心？但他还是继续往下说了。

他说，水田清污的工地位于福岛县南相马市。具体的工作内容是剥去水田表层5厘米的土壤，将其装入集装袋，用2吨翻斗车运至临时存放处，再将客土填回水田。

"多简单呀，虽然我也不是很懂啦。"

年轻的社长笑着递给我一份写有"规格书"字样的文件。

"给，你就照着这个组织工队吧，一个星期后开工，有劳啦。"

"啊？组织工队？您是让我去招人吗？"

"对啊，我也是来了这里才招的人。这会儿我手下有40多个人在做住宅清污，都是我在这儿现找的啦。别担心，在福岛啊，有的是派遣清污工人的公司啦。不过住宅清污靠手工，水田清污得用重型机械之类的设备。派遣清污工人的公司手里好像也不太有能开重型机械的人。听一级分包商的人说，光会开还不行呢，必须操作得非常熟练，否则就抢不出进度。这种熟练工怎么可能去派遣公司应聘嘛。反正招人的事就交给你啦。要用心找哦，自己的事情自己负责。"

好一副事不关己的口吻。

他依然面带微笑，拿出一个透明文件夹。

里面装着几张文件。

文件的标题是"劳动合同"。其中提到了"报酬"和"雇用时间"，分别是"1200日元"和"1个月"。

"我们公司会跟你招来的工人签合同，聘用他们当员工。我们是二级分包商。水田清污不允许出现三级以上的分包，这跟住宅清污一样啦。你招来的人也要在这份合同上签字盖章哦。文书工作必须按规定做好，否则会被劳动基准局盯上的。"

"您的意思是，我也要签这份合同？"

"这不是废话嘛。因为这些文件的复印件会通过一级分包商提交给总包商的啊。得把你登记注册成我们公司的员工，否则工地进场手续都办不了啊。工头进不去工地怎么行啊？"

"可上面写着时薪1200日元……"

假设每天工作8小时，每月工作25天，也只能赚24万。这已经不是能不能给女儿寄钱的问题了。

"那当然是随便写写的啦。只要超过最低工资标准就不会被挑刺了。你要40万是吧？行啊，努力赚钱呗。收益的30%归你。"

他把话说得清清楚楚。不是让我赚出工资的三倍，而是收益的30%归我。我签了合同。

签名之前，我浏览了一下合同的内容。上面写着："聘用期为1个月。如有必要，可适当延长"。

说白了就是"公司可以根据需要随时解雇，也可以随意延长雇用时间"，但这似乎不是什么大问题。

我毕竟是工头，和公司是同一阵营的。"能随时解雇不听话的工人"对我来说反而是一件好事。

"下个星期内，你必须离开现在的住处。"

W小队离开后，"清污公寓"就是我一个人住着。听说公司和房东签的是周租合同，先付费后入住，每周2万。

反正无论如何，我都得在一个星期后前往工地。当务之急不是担心住处，而是凑齐人手。

我立刻着手招工。

规格表上列出了作业单价。

剥除表土 55日元/m^2

集装袋装填 2200日元/袋（包括运输安置）

回填客土 250日元/m^2

除草 58日元/m^2

虽然规格表没有关于作业内容的具体说明，但我

154

根据在石卷从事土木工程的经验粗略估算了一下，感觉"这差事能赚钱"。关键在于能找到多少高水平的重型机械操作员。我也不知道该上哪儿去找，但我觉得只要钱给到位了，应该就能找到人。

操作员的市场价再高，也就日薪2万日元左右。出到3万肯定能找到熟练工。只要能找到熟练工，每天剥除3000平方米的表土也不成问题。仅此一项，每天就有16.5万日元进账，一个月下来就是400多万。3万块找不到就出5万块。单价这么高，哪怕出5万也有赚头。

不过计算的前提终究是我通过石卷的医院扩建项目积累的经验，不确定这些经验能否直接套用在水田清污上。扩建医院的工地原来也是一片水田。

剥除表土，填入客土。

在每天晨会后的工地小会上，主管会公布当天的目标数值。

照理说，这种会议跟负责洗轮胎的我全无关系。

但我察觉到，每天给出的目标数值和进出工地翻斗车的数量成正比。从那以后，我便学着重型机械操作员的样子，养成了记录目标数值的习惯。

最主要的区别在于，医院扩建工地的表土剥除工作以米为单位。水田清污却只能剥除薄薄的一层，大约5厘米厚。

总而言之，当务之急是找到优秀的操作员。

在石卷当营业部长的时候，我跟一些土木行业的从业者交换过名片，于是便试着联系了一下。

可惜操作员并不好找。

每个人都告诉我，每天能剥除3000平方米表土的操作员非常难找。甚至有人说："能搞定300就不错啦。"

而且我也没法向仙台方面求助。

Q公司那位音乐家出身的社长已经表了态，愿意支付收益的30%给我。要是这件事被S知道了，他一定会强势介入。

无奈之下，我只能联系老东家，也就是那家兵库的公司。但我实在拉不下脸去联系专务和社长，于是便联系了肌肉男R。

都跑来福岛了，我是不太想联系R的，但他是我的最后一根救命稻草。

而促使我联系R的另一个原因是……

照着名片打了好几通电话后收获的，唯一有用的信息。

"这种工作啊，需要平头斗的熟练工哇。"

"平头斗"是用于整平坡面的铲斗。

给不从事土木行业的读者们普及一下专业知识吧。装在挖掘机臂顶端的"手"叫作"铲斗"。去到工地，便能看到挖掘机用铲斗挖洞、挖土的模样。拆除建筑物的时候，也要用铲斗抓破墙体。

宽而平整的无爪铲斗就叫"平头斗"。

这种铲斗在普通建筑工地上并不常见，但经常用于道路工程的平整路面环节。

神户（兵库）那家公司最擅长的正是平整路面。请我当顾问的高尔夫球场需要小幅改造赛道的时候，也会委托这家公司施工。所以我见过几次平头斗，隐约有些印象。

"哟，这不是大叔嘛。最近怎么样啊？"

R的态度依然傲慢，听得我直皱眉头。但我还是耐着性子讲述了事情的来龙去脉。

"哎哟，你这电话来得正是时候啊。K叔正好要走了。"

R告诉我，K觉得自己手头的工具太旧了，就自作主张买了新的，专务却不肯报销，于是两边就闹翻了。到了这周末，K就会离开现在的工地。

"来得早不如来得巧啊。反正你们俩也是老相识了，K叔的水平也是过硬的。别说是3000了，一天5000都搞得定。"

听起来倒是可靠得很。

"但我不能白白帮你介绍吧，也让我插一

脚呗。"

说白了就是他想抽头。我说我要考虑一下，姑且挂了电话。

我立刻打开手机的计算器，算了一笔账。

$$5000 \times 55 = 275000$$

只要不出现极端恶劣的天气，每月可以工作25天。

$$275000 \times 25 = 6875000$$

屏幕上显示出一个令人头晕眼花的数字。仅"剥除表土"这一项，每月就有687.5万日元进账。

能赚这么多钱，K不好相处又如何？R抽点头又如何？

我立即给R回电，让他把K抓牢，并答应每月给他

25万日元的酬金。

假设K的日薪为3万日元，需要付给他的月薪就是75万日元。他在石卷拿的月薪是50万日元，所以对他来说，这个金额应该是很有吸引力的。哪怕算上给R的酬金，K这边的月支出也不过100万日元而已。而与此同时，K每月能带来近690万日元的营业额。扣掉支出后剩下的590万日元的30%，也就是约200万日元，就是我每个月的分成。

我顿时高兴得忘乎所以，立刻赶往派遣清污工人的公司。

那家公司只开了不到一年。公司买下了一栋破旧的五层楼房，二楼以上像医院的大病房一样用帘子隔开，住着来自全国各地的男人。他们没有住处，没有钱，都快成流浪汉了。

住宿免费，一楼食堂提供三餐，每天收取1000日元的餐费。赴任的路费也由公司垫付——从故乡来福岛的单程车票。不过当这些人找到工作后，之前垫付的交通费和餐费会从月薪中扣除。这就是派遣公司的运作方式。

时值深秋。想靠复兴泡沫一夜暴富的我，即将在灾区迎来第四个冬天。

　　　　Fight! 你的奋斗之歌

　　　　不战斗的人也许会嘲笑你吧

　　　　Fight! 在冰凉的水中

　　　　瑟瑟发抖 逆流而上！

不知不觉中，我开始在脑海中反复播放中岛美雪的*Fight!*的高潮部分。

南相马市 ◉ 水田清污

"喂？喂？"

电话那头的人用独特的腔调说道。光是听到那透着不爽的声音，我就想把电话挂了。但我只能咽下喉咙里的闷气，报出自己的名字。

"哦。"

"好久不见。"

"哦。"

"R告诉我，你打算从专务那边辞职了？"

"有何贵干啊？"

等着我的是一如既往的傲慢回应。

"新的工作有着落了吗？"

"关你什么事？"

R说，他已经把我的要求告诉了K，K也很感兴趣。可K在电话里却是这样一副态度。不是做到"本周末"为止吗？昨天就是"本周末"啊。

"可能的话，我想请你来帮忙……"

K确实是熟练工，但他也不可能立刻找到下一份工作。他之所以离开家人居住的关西，大老远跑来东北，肯定是因为性格太扭曲了，在关西待不下去了。据我推测，只要条件足够吸引人，他就一定会同意。

"是水田清污的工作。需要操作重型机械，铲除水田表面5厘米的泥土。日薪可以开到3万日元。"

在石卷的时候，我可以查到每个人的报酬，所以我知道K的日薪是2万。如果工地不停工，他每月可以赚到50万日元。专务的工资是固定的，每月也不过40万日元。可见大家很认可K的价值。如果日薪开到3万日元的话，K每月能赚到的钱就是75万日元。

他应该不会不答应的。

"哎呀，我们也算老熟人了。既然你有困难，我也不是不能去帮忙啦。"

他还想往自己脸上贴金。

"那就拜托你了。在我认识的人里，只有你能做得了这份工作。"

我低声下气道。

因为只要说错一句话，他就会发脾气。

"什么时候开工啊？"

"具体的日期回头再告诉你。"

他问到了一个非常危险的点子上。别说是开工日期了，其他具体细节也完全没有敲定，我已经把自己知道的都告诉了K。本该在下周开工的，看情况似乎要推迟了。

"也好。我在石卷待久了，想回家歇两天，正准备回关西呢。"

我顿时松了口气。既然他要回关西，那肯定不会一两天就回来。我至少争取到了一个星期的时间。

　　后来，我又听他唠叨了半天辞职的来龙去脉，这才挂了电话。

　　辞职的始末算什么，这些都不重要。有K加盟，我才能把事情推进下去。接下来只需要招够人手就行。跟清污工人派遣公司也谈妥了。优质工人也许是很难找，但只需要凑够人头的话，总归还是有办法的吧。

　　我也不是没考虑过K有多难相处。那派遣公司养了一群走投无路的人，委托他们派遣工人也可能存在一定的风险。奈何事已至此，骑虎难下。不搞定这桩差事，月薪恐怕就保不住了。

　　我联系了Q公司的社长，说我已经物色到了合适的重型机械操作员。那天是周日，所以我们约在了Q公司附近的一家咖啡店。

　　我需要社长尽快安排我和一级分包商见一面，

问清楚延迟开工的原因，谈妥具体的条件，否则我就无法确定工队的人数，包括需要找多少个普通工人。

"不错不错，我不讨厌手脚麻利的人哦。"

对方满不在乎地说道。

"那可以麻烦您赶紧安排一下吗？"

驱使我说出这句话的并非焦躁，而是想要前进的情绪。

"知道了啦。我尽量安排你们下周碰一面，别那么着急嘛。"

"再拖下去就太迟了。我找到的操作员水平很高，非常抢手。能请您立刻联系他们吗？对方的手机号您总归是知道的吧？"

"哪能立刻联系呢，今天是星期天哎——"他用右手中指挠了挠脸颊，若有所思，"我和他们公司也不是很熟啦。"

他竟面不改色地说出了这么一句让我瞠目结舌

的话。

"'不熟'是什么意思？"

我不禁沉下脸来。

简单计算一下，便知这是一桩每月至少有700万日元进账的买卖。换算成年收入，那就是8000多万日元啊。要做这么大的项目，却不熟悉合作对象的情况，这令我大跌眼镜。

在我的再三催促之下，Q公司的社长总算把我和一级分包商负责人的面谈安排在了下周二。我组织的工队将作为二级分包商加入这个项目。一级分包商是一家叫P的公司，总部位于石卷。

项目负责人F告诉我，延迟开工的主要原因是原计划由总包方提供的工人宿舍迟迟没有建成。

他还说，水田清污工程已经开始了。如果我们想按计划开工，就必须在宿舍竣工之前自行解决住宿问题。

于是我立刻着手找起了宿舍。

据说单水田清污这一项，就让南相马市多出了3000多名清污工人，所以当地的住宿设施怎么可能还有空房，而且涌入南相马市的不单单是清污工人。在降雪最多的季节来临前，还有大量土木工人涌入降雪量相对较少的浜通地区。

但我没法往南找。因为南相马市南端的小高区本就在以福岛第一核电站为原点的20千米范围内。别说是去那一带找房子了，凑近了都不行。往北找也没用，因为隔壁的相马市也没有空房。我只能一路往北，好不容易才在仙台市找到住处。

问题是，每天从仙台出发去工地上班是不现实的，距离实在太远。往内陆找的话，倒是可以去郡山市，只是郡山到工地也很远，每天来回跑相当辛苦。

就算要从郡山市通勤，若想赶上8点的晨会，就得在清晨5点前离开郡山。而且从郡山市到南相马市需要翻越山岭。等到积雪变厚的时候，在清晨翻过山口就成了奢望。

"听说另一家二级分包商……"

P公司的负责人说，他是去石卷的时候才知道会有两家公司作为下级分包商加入这个项目。P公司负责的工区足有200万平方米。

"打算住郡山，但他们好像没能一下子凑齐人手，所以先派了两三个人过来。大概是想在总包商S建筑公司那里留下一个'按时开工'的记录吧。"

对方是拐着弯对我施压，言外之意："你们最好也能留下这样的记录。"

"而且吧……"负责人更进一步，"我是跟Q公司的社长说过两家各负责100万平方米，但这只是用我们公司负责的200万平方米除以2得出来的数字啦。"

这也是我事前没能了解到的信息。连负责的工区面积都不说，Q公司的社长是替妈妈跑腿买东西的小朋友吗？他的面孔浮现在我的脑海中。

"但是吧，我们并没有对半分的打算。谁先碰的地，这块地就归谁，直到最后的回填客土都由先碰的那家公司负责。"

他的潜台词是，"赶紧开工"。

"我们是按工种结算施工费用的。开工日期已经比原计划推迟了，不能再拖啦。"

受情势所迫，我无论如何都得在南相马市找到足以容纳十人的宿舍了。

不过冷静下来想一想，这事着实奇怪得很。

那位负责人说延迟开工的责任在于S建筑公司，但这么说貌似有点问题。在总包商和一级分包商之间的关系中也许是这样没错，但这套逻辑并不适用于一级分包商和二级分包商的关系。毕竟我们一直在按照之前说好的开工日期推进招人等各项准备工作啊。

"甲方提供宿舍"是我们接手这个项目的前提。

无论出于怎样的原因，只要出现了无法如期提供住处的情况，一级分包商就该对二级分包商负责。把责任统统推卸给S建筑公司，一副事不关己的样子，显然是不对的。

想要做出"按时开工"的成绩给S建筑公司看的也许不是另一家二级分包商，而是P公司。再说了，S建设公司这种行业巨头压根儿不会把二级分包商放在心上。把分包商当成低贱的垃圾是不至于的，但是在巨头眼里，分包商充其量不过是些可以替换的零件罢了。

然后，他们还会把诱人的糖果摆在分包商面前。

谁先碰的地，这块地就归谁，直到最后的回填客土都由先碰的那家公司负责。

这就是"糖果"。

说得极端些，只要集中火力完成最不费事的工作——"给田间小路除草"，就能获得那些水田的清污权。

当然，我也得充分考虑到胡乱扩大战线所带来的风险。

另一颗糖果——"按工种结算施工费用"就在这里等着我。

如果我们碰了很多水田，却必须等客土填好之后才能结算工钱，就会出现工钱迟迟不进账的情况。

二级分包商的主要支出是人工费，不能拖欠工资，因此工钱迟迟不进账绝不是好事。但对方愿意按工种结算，而且剥除表土这一项的利润率很高，足以抵御战线扩大带来的压力。

思来想去，我终于下定了决心。无论付出怎样的代价，都要在南相马找到住处。经过多方奔走，我终于找到了一条路——"农家民宿"。

顾名思义，农家民宿就是农民将自己的房屋出租，用作民宿。早在大地震之前，南相马市就已经存在这项制度了。

它是市政府与农户联合开展的一个项目，它不仅能为插秧、收割的工人提供住处，还能吸引游客前来体验农业和相关的活动，比如品尝花草茶、学习草木染色、制作味噌等。

而核电站的事故使该项目一度受挫。

据说原因是愿意来南相马市体验农业活动的游客急剧减少，毕竟这一带的农作物几乎已经一文不值了。至于作物是真的受了污染，还是单单因为流言蜚语被人敬而远之，已经不重要了。

其实南相马市和宫城县、岩手县的沿海地区一样，也遭到了海啸的侵袭，只是核电站事故吸引了更多的关注罢了。当地的支柱产业是农业而非渔业，被海啸吞没的房屋大多也是农舍。

即便如此，"农家民宿"还是在大地震的三年后逐渐复活了，入住者多为造访南相马市的志愿者。

民宿提供早餐和晚餐，住宿费用和廉价商务酒店差不多，而且是直接住在"灾民"家里，有机会和他们交流，没有比这更适合志愿者的住宿设施了。

我了解到，有几家这样的"农家民宿"重新开张营业了。

不过要想入住民宿，仍有一些障碍需要克服。毕竟"留宿清污工人"不符合项目的宗旨。

苦思冥想之后，我决定去一趟大地震那年曾以跑业务的名义走访过的原町商工会议所。上一次去已经是四年前的事情了。

上次接待我的秘书长还在。更让我意外的是，他竟然还记得只去过一次的我。

"上次回去之后，我一直都惦记着南相马市。在石卷参与复兴工程的时候，我也一直在琢磨，有朝一日一定要为南相马市贡献点力量。功夫不负有心人，这回总算有机会来南相马市做项目了，所以想先跟您打个招呼。"

我一鼓作气说出用谎言堆砌而成的台词。

秘书长面露微笑，他都识破了。悔恨涌上心头。

有的是想靠几句冠冕堂皇的漂亮话在灾区发大财的人，天知道秘书长见过多少个。匆忙编造的谎言怎么可能唬得住他。

我是来做项目的，但住处还没着落。能否请您跟"农家民宿"打个招呼，通融一下？——凝重的气氛，让我无法说出这些话来。

我本想就此作罢，起身走人。

"您这次来，是不是想托我帮忙啊？"

秘书长却留住了我。

"别客气，尽管说吧。有人来找我们帮忙，我们高兴还来不及呢。说我们渴望被依靠也不为过。"

秘书长停顿两拍，沉思片刻。

"来到这里的每一个人都会告诉我，他有多关心这座城市……"

他没有往下说，似乎心有犹豫。接着，他说道：

"就像您刚才那样。"

然后，他扑哧一笑。不仅勾起了嘴角，还笑出了声。

"抱歉，这话说得过分了。不过您千万别介意，我觉得那些都不是假话，而是体贴我们的表现，所以您不必客气。我能为您做些什么呢？"

我低三下四地道出此行的真实意图。

秘书长立刻拿起桌上的听筒打了一通电话。短暂的交谈过后，他递给我一张纸条说道：

"这家民宿可以接待你们。"

我毕恭毕敬地接下纸条。

我让K来南相马市公所会合，然后带他去了"农家民宿"。其他工人已经入住了。K加入工队后，我这个工头需要管理的工人刚好是十个。

"搞什么嘛，不是酒店啊。"

K毫不客气地抱怨道。

我提前跟K打过招呼，只说工人宿舍迟迟没能建成，所以我另外安排了住处。

我没打算用"这是我唯一能找到的地方"之类的说辞为自己开脱。因为这么说太对不起介绍民宿给我的商工会议所秘书长了。

"宿舍的竣工时间预计要推迟两周。"

我只跟他交代了这一句。

"农家民宿"共有四个房间。两个6张榻榻米大的单间、一个4张半榻榻米大的单间，外加12张榻榻米大的起居室，平时用作餐厅。

两个6张榻榻米大的单间已经被派遣公司派来的九名清污工人占了。

九人小队的队长叫N。起初，N对住不上单间面露难色。我只得设法安抚，说这里只是临时的住处，坚持到工人宿舍建成就行了。

我本想跟K一起住进剩下的那个4张半榻榻米大的单间，K却拒绝了我的提议。

"我这人比较敏感，听到身边有人呼呼大睡，我就睡不着了啊。"

他如此说道。

他不是那种能用"坚持两周就行"说服的人。我不得不容许他独占一间房。

"到了晚餐时间，其他人就回来了，到时候再介绍你们认识。这段时间你可以自由支配。"

说完，我便走去了用作餐厅的起居室。

"回来啦。"

拉开餐厅的门一看，只见铺了几个坐垫在地上，枕着胳膊看电视的Y转头看了看我。他是N小队的"问题儿童"。

吃过晚饭后，大家相互认识了一下，然后就开起了工作会议。议题是"如何分工"。

N小队的分工早已确定。

小队中有三个会操作重型机械的人。其中两个持有工程车辆驾驶证和吊车证。另一个没有吊车证，所以他做不了吊集装袋的工作。

当然，这只是资质层面的问题。会开永勃[1]的人都能开吊车。如果工地管得不严，工人都是能干什么就干什么，没人管你有没有证。然而在S建筑公司这样的巨头管理的工地，绝不允许出现这样的情况。

总包方的负责人会频频来工地巡视。一旦发现无证上岗的情况，涉事工人必然会被逐出工地，而用人单位（包括一级分包商）也会受到相应的处罚。

因此两名有重机证的队员负责将被污染的泥土扔进集装袋，有吊车证的N负责把集装袋吊起来装上4吨翻斗车。

至于最基础的集装袋封包工作，则交给了最年轻的两名队员和"问题儿童"Y。毕竟这是体力活，所以才分配给了年轻人和没有工地经验的Y。不过Y的"问题"不仅仅在于他没在工地待过。

这是Y第一次加盟N小队。40岁的他原本是个工

---

1 Yumbo液压挖掘机的注册商标，后衍生为液压挖掘机的统称。

薪族。

此人的经历十分奇特。他原本在上市公司工作，却想去冲绳当渔夫，就干脆辞职了。他跟着冲绳的渔民学习了一年，拿下了捕鱼资格证，成了渔业工会的成员。

据说他之所以去清污工人派遣公司应聘，是为了给渔业工会发的二手渔船买发动机。

如果只是这样，那他也称不上"问题儿童"。

也许是因为他在上市公司待过几年吧，他发表意见的时候就像个评论家似的。明明还没开工，其他工友就已经对他敬而远之了。

其余四人中的两人负责把集装袋搬往临时放置区，剩下的两个人负责除草。

不过清污工程中的"除草"并非传统意义上的"拔草"，而是一种劳动集约型工作。

负责除草的工人要用肩扛式割草机割除杂草，再用耙子把草归拢到一处，然后用手将草装进集装袋。

每平方米的单价是58日元，非常不合算。但它是水田清污工程的一个环节，不做不行——除草就是这样一种工作。

顺便一提，操作割草机也需要资格证。

其实去建材大卖场就能买到割草机，谁都可以买。哪怕是普通家庭，只要家里的院子比较大，那也会备上一台。但你要想在工地使用，就得持证上岗。

"不过嘛，也不用想那么复杂啦，到了工地总有办法的。纸上谈兵顶什么用啊，实际操作起来，有的是需要干的活，只能走一步看一步啦。"

土木工程最讲究提前规划，K本该对这一点深有体会才对，这着实不像他会说出口的话。什么叫"走一步看一步"啊？

不过投机取巧、出尔反尔也是K的一贯作风。他的这句话给会议生生画上了句号。

会后，N把我叫去了吸烟区。吸烟区设在农舍门口，摆着工地上用的大烟灰缸。

室内全面禁烟。

"那是什么意思？"

他的语气中带着淡淡的怒意。

"你是说……？"

"您凭什么那么分配房间？凭什么K能独占一间？"

我就知道……我暗暗叹了一口气。

我分了两个6张榻榻米大的房间给N小队，一间住四人，一间住五人。谁知N动用队长的权限，给自己和另一个人安排了一间，其余七个统统塞进另一间。

问题儿童Y大概是觉得太挤了，所以他搬了出来，睡在了餐厅，把坐垫铺在地上当褥子用。他说餐厅里有石油暖炉，不盖被子也没事。

"工头，您准备住哪间呢？"

N明确表示，"请不要来我们那间"——N和室友的关系非同一般。

我通过N得知他们是在监狱里认识的。不过N并没有主动说起这件事。

住进"农家民宿"的第一天晚上，我带着上岗申报文件去N的房间找人。拉开门的时候，两人正要把用作睡衣的运动衫换上。只见和N同房的那个男人背上，有一片不同寻常的文身。

那是一排整齐的图案，直径约15厘米。他急忙转身，所以我没能盯着文身多看几眼。但回房后，我细细琢磨了一下，意识到他文的是"六文钱"。

"六文钱"是真田氏[1]的家徽与旗印。雇船渡过冥河的渡资是六文钱，把这样的图案印在战旗上，代表了甘愿随时赴死的决心。

我在仙台的工人宿舍见惯了文身。然而在N的房间

1　日本战国时代北信浓（今长野县）大名的姓氏。

里看到的文身是那么单调，排除了所有华美的元素，细细回忆起来反而格外震撼。

"你知道接项目是要接受反黑检查的吧？"

第二天早上，我去找N求证。反黑检查是为了确保进入工地的分包商和受雇于分包商的个人与反社会组织无关。

"知道，我做清污也不是一两天了。"

N若无其事道。我又问："跟你同屋的人是什么来路？"不混黑道的人也会为了赶时髦文身，可那人文的六文钱图案太朴素了，怎么看都不像是用来赶时髦的装饰。万一他跟黑道有关，那就不好办了，所以我必须找N问个清楚。

"您不用担心这个。"

N明确保证他没问题。

"那他为什么会有这么豪放的文身啊？"

听到我如此追问，N面露难色，低下了头，随后说道："这件事请您保密……"他小心翼翼地斟酌着用词。

"那文身表达的是他对我的个人感情。"

他拉了个同性恋进工队?

我瞠目结舌,N却立刻否认了我的猜测。然后他告诉我,他们曾是狱友。

"您不会是打算跟我们挤一间吧?"

毕竟他们两个人占了一个6张榻榻米大的房间,担心这个也是在所难免。

"我就像Y那样睡在餐厅好了。反正只要熬过这几天就行了。等宿舍建好了,每个人都能住上单间啦。"

"真能这么顺利就好了……"

"还有别的问题吗?"

"工头,您就不能再硬气一点吗?别人说什么都照办,也许能平息一时的矛盾,但事情会越来越别扭的,到最后就没法收拾了。"

N对我说了一番自不待言的大道理。

上岗培训被安排在"卫星站（satellite）"的一角。

卫星站所在的楼房原本是一家大型高尔夫用品店，店家在东日本大地震后撤走了。开放空间的一半摆着折叠桌椅，作为各家公司的工人开晨会前的集合点。另一半什么都没放，用作晨会场地。

我也算去过不少工地了，却是第一次见到有屋顶的晨会场地。每天早上都有800多名清污工人齐聚此处。

在S建设公司的领导下，共有2000多名工人参与此次水田清污项目。部分公司负责的工地离卫星站较远，所以分头在工地开会。

带我们去参加培训的人来自一级分包商，是个叫B的男青年。

他在卫星站门口迎接我们工队的10个人和另一家二级分包商的10名工人。

除了B带领的20个人，还有百来个其他公司的工人坐在会场等候上岗培训。这几乎是中等规模工地的工人总数。

来自总包商的培训负责人报出一长串头衔，说自己来自S土木东京分公司东北营业部第二工程部什么的。然后他便介绍起了S土木公司的大致情况。

吹嘘了近一小时以后，他终于讲到了水田清污工作的注意事项。但他讲来讲去，都没有讲到技术层面，恐怕只是报了一通S建筑公司制定的规则。

在工地遇到市民时，要点头致意，大声打招呼。

在十字路口等红绿灯时，市民的车辆享有优先权。

不得在餐饮店等市民休闲娱乐的场所大声喧哗。

严格遵守垃圾处理规定，不得擅自将垃圾倒入市民使用的便利店垃圾桶。

进入工地时必须穿着S土木发放的清污背心，向市民明确表示你们正在进行清污工作。

离开工地时须脱下清污背心，不让各位市民感觉到清污工人进入了他们的生活圈，造成心理负担。

除此之外，还有20多条带"各位市民"的注意事项。讲解这类注意事项也花了一个多小时。

"我们算什么啊？这么不受待见啊？"

后排的K嘀咕道。

培训讲到了更细节的部分。

"从今天起，忘记'污染'这个词。都给我记住了，你们从水田清走的土壤不是被污染的土壤，而是清污垃圾。所有运输车辆都必须贴上这种磁贴。"

他举起一张白色的磁贴，上面写着一行大字——"清污垃圾运输车"。

"听着，我再说一遍，你们要忘掉'南相马市被污染了'这件事。各位市民过着平静安逸的生活，这就是最好的证明。南相马市根本没有被污染。"

"那还清什么污啊。"

另一家公司的工人嘟囔了一声，大概是听够了高高在上的说教。不幸的是，他开口说话的时候，培训负责人恰好说完了。

"混账！"负责人雷霆大怒，唾沫横飞，指着那个嘟囔的工人说道，"给我滚！不然我就把你们公司的人都踢走！"

工人踹翻椅子，站了起来。

面色通红，龇牙咧嘴。

两旁的工友赶紧把人按住，好言相劝，带他离开了卫星站。

"不是不让你们穿着工作服买东西，但离开工地的时候一定要把泥巴弄干净。不能把被污染的泥土带进市民的生活圈，"负责人喘着粗气继续讲解，"不准穿着带污泥的鞋子、长靴购物吃饭。不准穿着脏鞋在工地以外的路上走。卫星站外面就有专门洗鞋的地方，可以同时容纳50个人。在那儿把鞋上的污泥弄干净了再回去。

"进工地必须戴手套和口罩，用完就扔。我们公司提供的劳保用品足够你们每天换新。但是！这些东西都会被污染。被污染的手套和口罩必须丢弃在这座卫星站的专用回收箱，严禁乱扔。喂，××！"

负责人对另一个和他穿着同款工作服的年轻人喊道。那人如监考老师一般，培训期间一直背手站在工人旁边。

"跟这群人讲讲，把被污染的手套和口罩扔在回家路上的便利店垃圾桶里会有什么后果。"

把发牢骚的工人轰走之后，负责人一直都在吼，大概是吼累了。只见他拿起放在讲桌上的瓶装水，喝了几口。

被负责人点名的人继续讲解：

"大约两周前，某清污小队把五套口罩和手套扔进了便利店的垃圾桶。店员发现后报了警，警方根据目击者的描述查到了雇用那支小队的总包方，南相马警署以署长的名义对总包方进行了严厉警告。第二天，警方派人蹲守在那家便利店，当场逮捕了企图乱扔口罩和手套的工人。他们涉嫌违反《垃圾处理法》。"

年轻人一句一顿，那语气直叫人联想到生硬朗读课文的小学生。我真想摸摸他的头，夸一句"真乖"。

"就是这么回事。别小看了一只口罩、一副手套，乱扔污染物是会受到严惩的。"

"这都第九次了。"

K又嘀咕了一句。

他说话时声音小得几乎听不见，以免沦为第二个被轰走的工人。

"那个傻子叫我们忘了'污染'这个词，可他自己都说了九次了。"

喃喃自语后，他好像喉咙一颤，无声地笑了。

几乎是由恐吓和威胁组成的上岗培训终于结束了。我带着K前往第二天要去的工地。一级分包商的负责人B开自己的车给我们带路。

工地位于南相马市原町区大原，是新田川北岸的水田地带。

"我们想请各位从这个角落开始。"

B带我们去的地方有上下两片水田，加起来大约3000平方米，中间隔着3米宽的农道。

一行四人把车停在农道的避让区，然后凑到一起。

"听说Z兴行明天开工，先派三个人来。"B如此说道。

"Z兴行"是跟我们工队负责同一片工地的二级分包商。

"他们不是新派来了十多个人吗？"

B回答了我的问题：

"他们只是让工人先来参加培训，这样就能随时上岗了。明天只来三个。全面开工要等到S建筑公司的工人宿舍建成后，在那之前就只派三个人来除草。话说你们想做哪边？还是挑下面那块比较好吧？"

B将视线转向农道下方的区域。

是个人都会挑下面那块的吧，因为下方的每片水田的面积略大一些，而且是周正的长方形，操作起来应该会比较容易。上方的水田都呈梯形。

"你觉得呢？"我征求了K的意见。

"下面的更好吧。"K抱着胳膊说道。

"是吧，我也觉得下面的好。那B先生……"

我正想说"那就要下面这块"，K却抬手打断了我。

"别这么快就下定论啊。我刚才的意思是'在你眼里大概是下面的更好吧'。要做就做上面那块。"

这人的性格着实别扭，太累人了。为什么不直说呢？而且为什么要挑上面呢？

"单看水田的形状和大小是没用的。你仔细看，下面的水田和农道不一样高啊。集装袋装车的时候，这个高度差会造成不必要的麻烦，因为你没法直接从水田装啊。有一半的地方需要另外铺钢板垫脚。"

原来是这样……我不禁点头称是。

"而且搬客土进来的时候要怎么办啊？直接从高处往下扔吗？那水渠就很碍事了。"

从农道延伸出去的斜坡尽头，是沿着水田开设的灌溉渠道。正如K所说，如果我们直接从高处投放客土，水渠必然会堵住。

"所以水渠也需要用钢板盖住。可钢板又不是免费的，租金也不得了啊。搬运钢板也得用重型机械。在搬运钢板的时候，重型机械干不了别的活，整个工地都得停摆，不知道要损失多少时间。"

K果然有两把刷子。

我越听越觉得，农道下面的水田看似好做，实际操作起来反而费事。

我想方设法找到了"农家民宿"这种隐藏房源，把整支工队拉了过来，B貌似对这一点颇为满意。

这次事前踩点，就是满意的一种体现。

照理说，B的职责是听取两家分包商的意见，进行协调。但他没管"Z兴行"，优先询问我们的想法。

不过也多亏了K，我们才能充分利用这项优势。K的缺点确实不少，不过请他来是个明智的决定。

"K叔果然厉害啊，我之前就听工头夸你经验丰富呢。听你这么一说，我也觉得很有道理。第一次来就能做出如此精准的判断可不容易啊！"

"瞧您说的，我也只是在工地上混久了嘛，"K喜笑颜开，谦虚起来，"都什么年代了，还嚷嚷着'土木工程最讲究提前规划'呢。"

K说话时带着难以掩饰的播州[1]口音，用的却是偏标准语的谦辞。可这话听起来实在不像是自谦，我只觉得他是在拐弯抹角地炫耀自己的从业经验。

"那我再带你们去集装袋放置区看看吧。"

1　本州岛兵库县南部旧国名。

B催我们前往下一处考察点。

当我们回到避让区，准备分头上车的时候，K却说："我坐这辆吧。"

他上了B的车。

四个人开两辆车，"两人一辆"也许没什么不正常的。只是我一上副驾驶座，就对驾驶座上的N说道："这就开始拍马屁了啊。"

"他在拍马屁？"

"嗯，他每到一处都会像这样跟主管公司的负责人套近乎。"

在石卷的时候，我和K共事的时间并不长。

所以我和他的交情还不足以断定"他每到一处都会这样"。只是他时不时表现出来的行为让我相信自己没有看走眼。

"为了给领导留下好印象，他甚至会厚着脸皮说自家工头的坏话。"

"这么做有什么意义啊？"

"正常人都想不通，但他不这么想。他是想让自己在工地上的日子更好过。"

"拍B先生的马屁，K叔的日子就好过了吗？"N纳闷地问道。他大概是无法切身体会吧，这也难怪。等开工了，他自然会懂。

K无疑是一位经验丰富的土木工人，技术精湛，见多识广，但他不会为整支工队的利益运用自己的经验知识。无论做什么，都只为自己服务，只为提升领导对自己的评价服务，所以他才要讨好上级公司的负责人。

假设K觉得应该调整一下施工步骤。

在大多数情况下，他的意见总是一针见血。问题是，如果直接向自家工头提出建议，改善工地的功劳就落入了工头的口袋。所以为了把这份功劳抓在自己手里，他要直接向上级公司的领导提议。提出几次中肯的建议之后，领导就会觉得K是个可靠的人。本该找工头商量的事情，也会去征求K的意见。

然后K便会对领导稍微抱怨一下自家工头和工友。但他会巧妙地控制语气，让自己的话听上去不像是"指责"。

"我觉得这么调整一下做起来肯定更快，可他们就是不懂啊。肯定是我太老土了吧。"

他会这么说，装出垂头丧气、长吁短叹的样子。

"你最好也多留个心眼。我这个工头就不用说了，你是集装袋小组的组长，肯定也会被他盯上的。天知道他背地里会怎么说你。"

"做那种事能有什么好处啊？"

"怎么没有啊？要是能把上级公司的负责人牢牢抓在手里，整个工地还不是任你摆布啊？"

思索片刻后，N喃喃道："有点危险啊。"

"危险？"

"嗯，我是不怕的，毕竟各种各样的苦头我都是吃过的。但跟我同屋的那个人不一样，他是个特别纯真的人，最看不惯背地里搞小动作的家伙。要是有人背地里说我的坏话，那就更……"

N呼出一口气，微微一笑。

"他会捅死K叔的。"

我感到这个"捅"字并非比喻，不禁后背一凉。

那人背上的六文钱顿时浮现在我的脑海中，笑着说出"捅"字的N仿佛也变成了来路不明的神秘人。

后来

开工后，K剥除表土的速度震撼了周围的所有人。正如肌肉男R所说，他以每天5000多平方米的速度迅猛推进，只用了两天就搞定了最初选定的工区，撂下负责集装袋的N小队，转战下一处。

而这造成了一系列的问题。

身为工头，我的职责是保障安全作业，不用实际参与工作。但K先走一步，使工人分散在了不同的工地，这便招来了巡逻人员的频频警告——毕竟不是所有工人都在我的视野之内。

这是我遇到的第一道坎。

为了把K铲起来堆在一起的泥土装进集装袋，我不得不派他去给集装袋小组帮忙。

装袋工作离不开团队合作。K的操作水平再高，还是需要有人帮他放袋子。只有在单干的时候，K才能发挥出全部的实力；在需要团队合作的时候，他的暴脾气和粗鲁的语气肯定要坏事。拜他所赐，工地的气氛日渐恶化。

第一个月的营业额只有700万日元出头。

75万日元给K，25万日元给R，330万日元给N小队。这么算下来，总人工费高达430万日元。

除了工钱，还有重型机械的租金、燃油费、土木工具的损耗。工人宿舍迟迟没有到位也进一步压低了工队的收益。直到那时，我们工队还住在"农家民宿"里。

这令N小队的成员颇为不爽。毕竟说好的单间变成了大通铺。而且除了N和他的狱友，以及睡在餐厅兼起居室的Y，剩余六个人挤在一间房里。

我只得拼命安抚。七扣八扣，剩下的收益只有120多万日元。按照约定，我拿到了收益的30%，36.8万日元。

我像往常一样给前妻汇了35万日元。中午只吃一个咖喱包，烟也换成了更便宜的牌子。脑海中早已没有了中岛美雪的歌声，取而代之的是子门真人演唱的《游吧！鲷鱼烧君》的开头。翻来覆去，反反复复。

一天一天又一天 我们在铁板上烤着

都快受不了啦

和《昭和枯芒》一样，这首歌也在经济高速发展期落幕后的昭和五十年（1975）一炮而红。

单曲销量创下了450万张的纪录，在历年单曲销量榜上独占鳌头，至今未被超越。再加上乐曲的发布方式已不同于以往，这项纪录恐怕也不可能被改写了。

即便如此，我当时还没有放弃。

我本以为……

总会有转机的。

毕竟我手下有一个实力超群的重型机械操作者，每天能搞定5000平方米的表土剥除。单这一项，每个月就有687.5万日元进账。只要调整一下作业方式，就一定会有起色。

要不给集装袋小组多配几个人？

就在我开始思考这个问题的时候，工人宿舍完工了，我们从"农家民宿"搬了过去。建成的宿舍住满了，于是我也没有办法雇佣更多的人了。

不，办法还是有的——还有"农家民宿"啊。那里还能住十个给集装袋小组安排的人手。我便和那家派遣清污工人的公司谈了谈，表示这次不仅要工人，还需要他们派遣一个工头。

对方给出的回复是，如果我能等一个星期的话，他们就能把人找齐。

我立即联系了"农家民宿"，希望再次借宿，却遭到了拒绝。

"有人违反规定，在房间里抽烟了。看在你们没地方住的分儿上，我才一直忍着的。我不能把房子租给不守规矩的人。"

"是哪个房间啊？"

我忍不住问道。对方回答，是那个4张半榻榻米大的房间。

"开着窗子抽的，新换的窗帘都烫焦了！"

说完，对方就单方面挂了电话。

4张半榻榻米大的房间——是K。他成天唠叨别人，自己却偷偷抽烟。

我知道事到如今生气也没有用，就联系了派遣公司，表示想取消之前预定的十个工人。对方勃然大怒，说人都凑齐了，嚷嚷着要我赔偿损失。

距离我上一次联系他们还不到一小时。你之前不是说需要一个星期招人吗？现在却跟我说人已经凑齐了，还要我赔钱？

我既不震惊，也不生气。因为我已经筋疲力尽了。我毫无志气，低三下四道了歉，好不容易才应付过去。

必须想想办法啊。

——这是唯一浮现在脑海中的念头。熟悉的声音横插进来，一遍遍回响。

一天一天又一天 我们在铁板上烤着

我告诉自己，不能放弃。

上个月的营业额有700多万日元啊。虽然利润只有120多万日元，但工队好歹住进了宿舍啊，省下了每天5万日元的"农家民宿"房费，以后这笔钱会直接体现在利润里。现在放弃还为时过早。

我绞尽脑汁。

让N小队停工不就行了吗？只让K一个人上工的

话，有我一个工头盯着就够了。他可以在一天内剥除5000平方米的水田表土。换算成报酬，就是27.5万日元。

当然，我不会一直让他们停工的，否则总包商肯定会投诉。来不及处理的表土堆已经在逐渐崩塌了。上头已经通过一级分包商B下达了"尽快处理"的指示，只是还没发展到"投诉"的地步罢了。

一周停工一次的话……一周停工两次的话……

N会同意"每周休息两三天"吗？

我又计算了一番。

"喂！你开什么小差呢！有完没完了！"怒骂传来。是K的声音。

"大伙都在工作呢，你还敢打游戏！"他走下重型机械，红着脸骂道。

都怪他，都怪他偷偷抽烟。

"我没在打游戏，用的是手机里的计算器。"我露出谄媚的笑，对K解释道。

"这种事不能在晚上做吗！大白天算钱，能抽头的大老爷就是舒服啊。"

K没好气地撂下这句话，随地吐了口痰，坐回重型机械上。

当天晚上，我向N道出眼下的难处。

"只要停工不停薪就行。"

他爽快地说道。

我早就料到他会这么说了。

N小队总共九个人，他们的日薪加起来是11.7万日元。我的提议已经把这笔支出考虑在内了。

在和N谈之前，我已经找一级分包商的负责人B咨询过了。B表示，如果集装袋小分队每周只停工一天的话，他还是可以批准的。

必须先保证本月的收入和上月基本持平。

搬进宿舍后，我的生活变得更加困窘了。

因为每逢休息日，宿舍就不供应餐食。这一点着实要命。

其他工友不是出去吃，就是买盒饭回来吃，但我的钱只够买一个咖喱包。"农家民宿"就不一样了，休息天也提供饭菜。

我只能去买杯面，跑去大老远的廉价超市买杯面。碰到休息天就开一杯吃上一天。

一天吃一杯，显然是吃不饱的。

于是我只能去空无一人的餐厅，挤些蛋黄酱到面里"加料"，不管杯面是什么口味。

就这样，我好不容易熬过了三个月。

然而，凡事终有极限。

倒不是扛不住了。我已经下定了决心，哪怕这样的日子再过一两年，我都能咬牙坚持下来。

事情发生在我们好不容易把堆积成山的污泥清理干净的时候。

那天下班后，一级分包商的负责人B把我约了出去。另一家二级分包商的工头也接到了消息。

他叫L，和我年龄相仿。我们之前打过招呼，不过那天之前都没交换过名片。

B让我们去市内的一家烤肉店会合。我是坐L的车去的。因为他主动跟我说："反正吃完了要回同一间宿舍的，要不就一起走吧。"我就恭敬不如从命了。

"想喝点什么吗？"

B做了个拿酒杯的动作。光是这一个动作，便让我馋虫大动。B明确表示，今晚他请客。反正是坐L的车回宿舍，喝点啤酒也没关系。

"那我就不客气了。"

L婉拒了，表示吃完了还要开车。

"那我也来点吧。"B如此说道。仗着这是家自助式烤肉店，他已经加点了好几盘牛五花了。他还说，"这是我这辈子第一次吃牛五花。"我本以为他在开玩笑，可是看到他不停地嚷嚷"不得了！不得了！"（这貌似是他的口头禅）的模样，便觉得他搞不好是真的没吃过。

"B先生，你的车要怎么办啊？找代驾开回去还挺贵的呢。"

B住在仙台市南边的八木山町，找代驾恐怕要花两三万日元。

"这你就不用操心啦！"L替B回答道，"卫星站旁边不是有一家网吧嘛。B先生有时会去那边过夜的对吧？我时常在网吧门口看见您的车。"

"嗯，你是怎么知道的呀。我是经常去网吧过夜来着，毕竟回家太远了。处理资料搞到很晚的时候，就只能当网吧难民啦——"

B叫来服务员，点了两杯啤酒。片刻后，酒便来了。他张开沾着牛五花油脂的嘴唇，一鼓作气喝下半杯。

"啊……真要命啊，太好吃了！不得了，真是不得了。我要吃个过瘾，狠狠吃一顿！"

他把火候刚好的肉扔进嘴里。

"天哪，不得了啊！"他又吼了一声。

奈何好景不长。吃完饭后，B摸着圆滚滚的肚子，说出一句让我和L脸色煞白的话来。

"能不能把你们工队的人都派去除草啊？只做两三个月就行。"

如前所述，除草是一项劳动密集型工作，非常划不来。

"我们'敝'过的工地已经除过草了啊。"L说道。

"我们工队也是。"我也附和道。

"我知道的啦。我也不是让你们给自己的工区除草，而是去其他公司负责的工区帮忙啦。"B语气随意，眼神却很严肃。

"您这话是什么意思？只做除草会亏死的啊！"L抗议道。

"你们这几个月也赚够了吧。"

B却是左耳进右耳出。

"实话告诉你们吧，"B端正坐姿解释道，"照理说，我们公司是当不了S建设公司的一级分包商的，这次算是破例，而破例的条件就是接手其他公司做剩下的除草工作。我们公司无论如何都想拿下S公司的交易账户，所以就接受了他们开出的条件。"

B还说了一堆这样那样的借口，但我都没听进去。

完了。

——脑海中只有这一个念头。这就是我得出的结论。

等到星期天一大早，我便离开了清污工人宿舍。

连行李都没拿，免得别人起疑。

只带了一本书，便头也不回地离开了南相马市。

在这座城市也待不下去了

干脆死了一了百了吧

尽力活过了 所以毫不留恋

《昭和枯芒》的歌声回响在脑海中。

不知不觉中，我已经哼起了这段熟悉的旋律。

在喧嚣的世界里，

坚持以匠人心态认认真真打磨每一本书，

坚持为读者提供

有用、有趣、有品位、有价值的阅读。

愿我们在阅读中相知相遇，在阅读中成长蜕变！

好读，只为优质阅读。

看不见的日本

策划出品：好读文化	监　制：姚常伟
责任编辑：郭佳佳	产品经理：程　斌
封面设计：周伟伟	内文制作：尚春苓

图书在版编目（CIP）数据

看不见的日本 / （日）赤松利市著；曹逸冰译. —
北京：北京联合出版公司，2021.12
ISBN 978-7-5596-5510-3

Ⅰ. ①看… Ⅱ. ①赤… ②曹… Ⅲ. ①纪实文学—日
本—现代 Ⅳ. ①I313.55

中国版本图书馆CIP数据核字（2021）第178180号

北京市版权局著作权合同登记　图字：01-2021-5036号

看不见的日本

作　　者：［日］赤松利市
译　　者：曹逸冰
出 品 人：赵红仕
责任编辑：郭佳佳

北京联合出版公司出版
（北京市西城区德外大街 83 号楼 9 层　100088）
北京联合天畅文化传播公司发行
北京美图印务有限公司印刷　新华书店经销
字数 84 千字　840 毫米 × 1194 毫米　1 / 32　7印张
2021 年 12 月第 1 版　2021 年 12 月第 1 次印刷
ISBN 978-7-5596-5510-3
定价：49.80元